KB124866

2100년

12월

31일

2100년 12월 31일

길상효
김정혜진
남유하
이희영

아무 날도 아니어서

길상효

길상효　　　그림책과 동화, 소설을 쓰고 번역한다.
대상 독자층이 각기 다른 이야기를 쓰며
방황하는 일이 때로는 힘과 안식을 주는 것에 놀라곤 한
다. 「소년 시절」로 제3회 한국과학문학상을, 『깊은 밤 필통
안에서』로 제10회 비룡소문학상을, 『동갑』으로 제5회
웅진주니어그림책상을 수상했다.

띠링.

띠링.

띠링.

창밖에서 흩날리기 시작한 작은 눈발은 루이가 버튼을 누를 때마다 싸락눈으로, 진눈깨비로, 눈보라로, 함박눈으로 모습을 바꿨다. 아니, 바꾸고 있을 게 틀림없었다. 나는 창문으로 눈길조차 주지 않았다. 늘 그러듯.

"역시 함박눈이 제일 좋다. 솔아, 너도 좀 봐. 정말 앞이 안 보이게 펑펑 내려, 펑펑. 어떻게 펑펑이란 말을 생각해 냈을까? 진짜 좋아. 펑펑……."

늘 그러듯 루이가 함박눈을 처음 본 어린아이처럼 중얼

거렸다. 이번에는 내가 루이에게 핀잔을 줄 차례였다. 늘 그러듯.

"좋은 말 할 때 꺼라."

"쳇, 전기 요금 아까워서 그러지?"

"정신 사나워서 그런다."

전기를 만들 때마다 탄소가 발생해서라는 말은 꿀꺽 삼켰다. 루이도 모르지 않을 터였다. 실은 정신이 사나워서도, 전기 요금이 아까워서도, 탄소가 발생해서도 아니었다. 그냥 저 가짜 눈이 싫어서였다. 거리에, 지붕에, 나뭇가지 위에 소복소복 쌓이기는커녕, 단 한 송이도 만져 볼 수 없는 눈이 싫어서였다. 본 적도 만져 본 적도 밟아 본 적도 없는 눈을, 앞으로도 영원히 볼 수도 만질 수도 없는 눈을 유리창에 내리게 하는 게, 그걸 넋을 놓고 바라보는 게 바보 같아서였다.

"과제 하러 왔으면 과제나 하고 집에 가지?"

그제야 루이가 시큰둥하게 종료 버튼을 눌렀다. 나도 그제야 창가에 선 루이를 바라보았다. 눈이 그치고도 루이는 창밖을 바라보는 채로 한참 서 있었다. 늘 그러듯.

"잘 먹는 거 보니 좋다. 얼굴도 좋아진 거 같고."

루이의 얼굴을 살피는 아빠의 눈빛이 안쓰러움으로 작게 흔들렸다.

"아저씨가 해 주시는 건 다 맛있어요."

"한 그릇 더 줄까?"

아빠가 반색하며 루이의 그릇을 향해 손을 뻗었다.

"아녜요, 제가 갖다 먹을게요."

일어서려는 루이를 끌어 앉히며 내가 말했다.

"아빠, 억지로 권하지 마. 얘 저번에 다 토했어."

그러자 루이가 펄쩍 뛰었다.

"그날은 청색발작 때문에 그런 거잖아. 자기도 어지럽다고 했으면서."

"어쨌든 내 방에 토한 건 너잖아."

"내가 다 치웠잖아."

"냄새가 일주일 갔다고."

"일주일 동안 사과했잖아."

"솔이, 루이, 그만."

아빠가 끼어들지 않았다면 루이는 정말로 그 자리에서 머리를 조아리며 또다시 사과했을지 모른다. 농담과 진담을 구별할 줄 모르는 루이만큼이나 나 또한 적당한 시점에 그만두는 법을 몰랐다.

하지만 이렇게라도 성가시게 하지 않으면 루이는 금세 슬픔과 분노의 수렁으로 가라앉고 말 것이다. 이렇게 자꾸 쿡쿡 찔러서 밀어 올리지 않으면 바닥에 닿는 순간 소용돌이치는 하수구에 빨려들고 말 것이다. 나처럼.

과제만 하고 갈 줄 알았던 루이가 점심까지 얻어먹더니 수업도 우리 집에서 들을 모양이었다.

"흠, 이 수업은 들어가지 말지?"

내 말에 안경을 쓰던 루이가 입술을 삐죽이며 말했다.

"오늘은 토 안 해."

"그게 맘대로 되냐?"

"하늘 안 올려다보면 되지."

"또 토하기만 해. 그땐 내 방이 아니라 우리 집 출입 금지야."

루이를 가볍게 흘기고는 안경을 썼다. 생태 수업에 접속하자 결석한 아이들이 제법 많았다. 대부분이 지난 시간에 청색과민발작으로 고생한 아이들이었다.

"오늘 결석은 결석으로 처리하지 않습니다. 힘들면 도중에 접속 중단해도 괜찮아요. 체험 보고서 대신 다른 과제로 대체해도 됩니다."

인공 지능 교사가 가상 현실로 진입하기에 앞서 설명을

시작했다.

"그럼 지난 시간의 지리산에 이어 오늘은 건강했던 아마존 열대 우림으로 가 봅시다. 역시 지금부터 160년 전입니다. 위도와 기후대 차이 때문에 다르게 나타나는 종 분포를 확인할 거예요."

눈부신 초록 밀림과 새파란 하늘이 펼쳐지는 순간, 얼른 시선을 키 높이 아래로 낮췄다. 그래서인지 지난번 지리산에서처럼 어지럽지는 않았다. 한 번도 경험한 적 없는 파란 하늘에 압도되어 발생하는 청색과민증 때문에 지난 시간에는 몇몇 아이가 현기증이나 메스꺼움을 느꼈고, 심하게는 루이처럼 발작을 겪기도 했다.

나도 속이 편치는 않았지만 루이는 어쩌자고 그 지경까지 갔는지 모르겠다. 우리가 지리산 단풍에 넋을 놓은 동안 루이는 하염없이 하늘만 올려다보고 있었다. 그러던 루이가 갑자기 입을 틀어막으며 주저앉은 곳은 지리산 뱀사골 계곡이었지만 토사물이 쏟아진 곳은 내 방이었다.

우리가 들어선 아마존 밀림은 사진이나 영상으로 보던 것 이상이었다. 초록의 기운이 시각은 물론이고 모든 감각을 압도했다. 보이지 않는 공기를 포함한 공간 전체가 초록으로 살아 숨 쉬는 것 같았다.

눈앞에서 깜박이는 화살표를 따라 걷는 동안 교사의 설명이 이어졌다. 브라질 국토의 면적을 절반 가까이 차지하면서 엄청난 양의 산소를 만들어 내 지구의 허파라고도 불린 아마존 밀림이 언제부터인지 농장주들의 무분별한 벌목과 방화, 광산업자들의 채굴 등으로 급속히 면적을 잃어 갔다고 했다. 그 때문에 지구의 이산화탄소 농도가 더욱 높아지면서 기후 위기가 가속화했고 마침내 50년 전의 그 끔찍한 재앙이 지구를 집어삼켰다는 대목에 이르자 후끈하던 열대 공간에 얼음장 같은 침묵이 내려앉았다. 우리들 대부분의 부모님이 태어난 때이자 수많은 아기가 태어나지도 못한 채 사라진 때였다.

그때였다. 머리 위에서 처음 듣는 새소리와 함께 바람이 일었다. 빨강, 노랑, 초록, 파랑……, 눈이 아플 정도로 선명한 원색을 띤 새들이 우리 머리를 스치듯 낮게 비행했다. 여기저기서 아이들의 탄성이 들렸다. 몇몇 아이가 손을 뻗으며 펄쩍펄쩍 뛰자 새들이 비명 같은 고음을 내며 요란스레 날아올랐다.

"잠깐!"

교사의 말과 함께 가상 현실이 중단됐다.

"이건 반응형 가상 현실이에요. 동식물을 비롯한 모든

게 우리 행동에 반응하도록 설계됐다는 뜻입니다. 가까이 가면 동물이 위협을 느끼거나 반격할 수 있어요."

"그냥 살살 만지는 것도 안 돼요?"

누가 물었다.

"안 돼요. 그렇게 만지도록 동물들이 가만있지도 않을 거고요. 야생 동물에게 인간은 그 자체로 위협적인 존재예요. 가상 현실이긴 하지만 우리가 초대받지 않은 침입자라는 점만은 잊으면 안 됩니다. 우리가 왜 아마존을 잃었는지도 잊으면 안 되고요."

가상 현실이 다시 시작되었고 우리는 화려한 조류 말고도 거대 파충류와 독충들, 처음 보는 수많은 동식물을 관찰할 수 있었다. 하늘을 찌를 듯 곳곳에 서 있는 거대한 나무 앞에서는 모두 입이 딱 벌어졌다. 루푸나라는 나무였다. 우리가 손에 손을 잡고 그 나무를 둘러서 봤지만 어림도 없었다. 교사는 루푸나를 한 바퀴 두르려면 서른 명은 있어야 한다고 했다.

땅 위로 드러난 뿌리에서 밑동을 지나 줄기를 훑으며 시선을 들어 올리던 나는 우듬지 사이로 드러난 새파란 하늘을 보는 순간 머리가 핑 돌면서 풀썩 주저앉았다. 주의 사항을 깜박 잊은 것이다. 얼른 고개를 숙이며 눈을 감는 순간, 삐이 하는 경고음과 함께 가상 현실이 또다시 중단됐다. 누가 헤라클래스장수풍뎅이라는 거대한 곤충을 건드렸고, 그걸 감지한 시스템이 자동으로 중단된 것이다. 그 누군가는 다름 아닌 영후였다. 모두의 원망 어린 시선이 영후를 향했다. 마치 영후가 아마존을 망가뜨린 장본인이라도 되는 것처럼.

루이네 집에 다 와 갈 무렵이었다.

"쇼핑하러 안 갈래?"

루이가 자전거를 멈추며 물었다.

"나 살 거 없는 거 알면서."

"옷 하나 살 건데, 좀 봐 주면 안 돼?"

루이가 가려는 곳은 뻔했다. 마켓 2050.

중고 거래를 하고도 남아돌아 멀쩡히 버리던 각종 공산품을 2050년부터 모아 두었다가 15년 전부터 판매하고 있는 사회적 기업이자 전 세계 체인이었다. 어렸을 땐 구경도 자주 가고 이것저것 사 달라고 조른 적도 많았지만, 언제부터인지 들어서기만 하면 숨이 막혀 그대로 돌아 나오다가 급기야 발길을 끊은 곳이었다.

포장도 뜯지 않은 채 촘촘히 들어찬 상품들 중에는 딱

히 용도가 없어 보이는 것도 많았다. 한때는 서점들마저 책을 팔기 위해 경쟁적으로 물건을 끼워 주거나 대놓고 물건을 팔았다고 한다. 새벽 배송, 야간 배송, 로켓 배송이라는 이름을 내걸고 전국의 물류 창고와 트럭과 드론이 밤낮없이 불을 밝혔다고 한다. 그렇게 도로를, 하늘을 내달린 물건들이 끝내 도착한 곳이 마켓 2050이었다.

그 사람들은 어쩌자고 죽을 때까지 다 입지도 쓰지도 못할 물건을 그렇게도 많이 만들었을까. 그럴 거면 천년만년 살았어야지. 그렇게 쌓아 두고 죽어 버리지 말았어야지.

"너 거기 싫어하는 거 아는데, 그렇다고 새 옷 살 수는 없잖아. 그러면 네가 나 더 혼낼 거잖아. 나 거기 포인트 너무 많아서 좀 털어야 돼. 몇 벌 봐 둔 거 있는데 그중에서 하나만 골라 줘, 응?"

루이를 빈집에 바로 들여보내기가 내키지 않아서 자전거를 끌고 아무 데나 갈 생각이긴 했다. 몸이 피곤하도록 끌고 다니다가 속을 긁을 결정적인 한 방을 먹인 뒤 집에 들여보내면 루이가 최소한 하룻밤만이라도 돌아가신 아빠 생각을 덜 하고 잠들 테니까. 나처럼 슬픔 가득한 수렁으로 가라앉다 못해 원망과 분노의 하수구에 빨려들지 않을 테니까.

폰을 켜고 대기 상태를 확인하자 비공 필터 착용 상태로는 저녁까지 외출이 가능하다는 표시가 떴다.

"너 근데 필터 괜찮아? 교체할 때 됐으면 새거 줄게. 가방에 여분 있어. 나는 아까 새거 끼고 나왔거든."

"그저께 갈았는데 장시간 외출은 오늘이 처음이라 괜찮을걸."

루이가 양쪽 콧구멍에서 필터를 꺼내 확인하고는 도로 집어넣으며 말했다.

"가자."

루이네까지 20분 동안 자전거를 탄 데 이어 마켓 2050까지 40분을 더 달리고 나자 종아리와 허벅지는 물론이고 등허리까지 뻐근했다. 거의 한 시간 동안 쉬지 않고 달린 셈이니 그럴 만도 했다. 대충 자전거를 세우다가 주차장을 돌아보았다. 초대형 복합 쇼핑몰이었던 이곳을 향해 모여든 차량이 이 넓은 주차장과 지하 주차장을 가득 메우고도 모자라 수십 미터에 이르도록 도로에 늘어서 있는 옛날 영상이 떠올랐다.

그 옛날 지리산이나 아마존 하늘만큼 눈이 시릴 정도는 아니지만 영상 속 하늘도 파랬다. 쇼핑몰에 들어서려고 줄지어 있던 사람들은 그 파란 하늘을 한 번이라도 올려다봤을까. 주차장 진입 순서만 기다리느라, 앞차와의 거리만 노려보느라, 무엇을 잃고 있는지도 몰랐을 그들을 생각하자 뜨거운 것이 치밀어 올랐다. 그 순간, 루이가 두 주먹을 불끈 쥔 채 건물을 향해 외쳤다.

"우리가 다 써서 없애 주겠다!"

욱했던 마음이 바람 빠진 풍선처럼 꺼지면서 피식 웃음이 나고 말았다. 루이는 늘 나를 참게 했다. 그래, 참자.

한 시간 거리 정도는 으레 자전거로 이동하는 지금의 생활을 앞으로 10년쯤 더 유지하면 대기질을 2030년대 초반 수준으로 회복할 수 있다고 했다. 다 써서 없애겠다는 루이의 말도 틀린 말이 아니었다. 이 장소가 싫은 것과는 별개로 무엇인가를 사야 한다면 이곳이 최선인 것은 맞았다. 길게는 몇십 년씩 묵기는 했지만 아무도 쓴 적 없는 엄연한 새 물건을 거저라고 할 가격에 살 수 있는 데다 하나만 사도 두 배로 퍼 주는 포인트 또한 이곳을 계속 찾게 했다. 나는 발길을 끊었지만 아빠와 고모는 생필품 대부분을 이곳에서 사다 날랐다. 우리 집에서 쓰는 거의 모든 것이 과거에서 온 것이다.

오늘의 소비자는 루이였고 나는 동행일 뿐이었다. 루이의 선택을 도우면 될 일이었다. 의류 매장에 들어서자마자 루이가 설레는 얼굴로 이것저것 들었다 놨다 하기 시작했다. 그동안 나는 나대로 이 통로 저 통로를 걸으며 설렁설렁 옷을 구경했다. 패셔니스트들은 물론이고 나처럼 옷 욕심 없는 사람까지 혹하게 할 만큼 볼거리가 많았다. 정말로 저런 게 유행했을까 싶은 옷부터 신기하게도 요즘 아이들이 꽤 좋아할 만한 옷까지 즐비했다. 옷 구경을 마친 다음에는 신발과 모자, 가방 따위를 둘러보았다.

다리가 아파 올 무렵 루이가 나를 불렀다. 찾아가 보니 루이가 스웨터 두 벌을 최종 심사에 올려놓고 나를 기다리고 있었다.

"재질이 뭐냐, 동물 털 섞였냐, 그런 거 묻지 말고 딱 골라 줘. 나 무조건 이 중 하나는 살 거니까."

루이가 내 입막음부터 하고 시작했다. 사실 매장에 들어설 때부터 루이에게만큼은 딴지를 걸 생각이 없었다. 뭔가를 사고 싶은 그 마음이 내심 반가웠다. 이제부터는 내가 조금 덜 들볶아도 될 만큼 루이가 기운을 차린 것 같아서였다. 두 스웨터 모두 포근해 보였고 만져 보니 톡톡하고 질감도 좋았다. 둘 다 루이에게 잘 어울려서 하마터면 둘 다 사라고 할 뻔했다.

"야, 팔 아파. 둘 중에 뭐가 낫냐고."

루이가 얼굴을 찡그리며 말했다.

"옷 볼 줄 모른다더니 잘만 골랐네, 뭐. 둘 다 잘 어울려, 진짜로."

"진짜?"

"진짜."

"그 말은 그러니까……."

"그렇지."

"이왕이면 더 오래된 걸 사라?"

"정답."

"그럼 이건데, 2055년 제조."

루이가 아가일 체크가 들어간 스웨터를 가슴팍에 대며 말했다.

"오, 완전 잘 어울려. 그 사람들 천잰데? 너 입으라고 45년 전에 딱 만들어 놓은 거 봐."

그러자 루이가 피식 웃고는 계산대로 향했다.

"통화하고 있을 테니까 계산하고 주차장으로 와."

먼저 주차장으로 나와 부재중 전화에 답하는 사이에 아빠한테서 잇달아 메시지가 들어왔다. 무슨 큰일이라도 났나 싶어 서둘러 전화를 끊고 확인하니 죄다 심부름 거리였다.

- 장바구니 있지? 올 때 빨랫비누 좀.

- 장 담그려는데 소금이 모자라네.

- 굼벵이도. 500g. 냉동 말고 생물로.

- 거기 간 김에 메뚜기 분말 500g. 국산.

도대체 몇 군데를 들렀다 오라는 건지. 생물 굼벵이는 오후만 되면 품절이니 거기부터 들러야 한다. 그 말은 집까지 가는 동선이 꽤 길고 복잡해진다는 뜻이었다.

당장 출발해도 빠듯한데 계산하러 간 루이가 함흥차사였다. 그러잖아도 점심을 많이 먹는다 싶었는데 화장실에 간 걸까. 웩웩거리며 점심을 죄다 게우고 있나 해서 도로 매장으로 향할 때였다. 루이가 헐레벌떡 달려 나왔다.

"토했어?"

"뭔 소리야."

"하도 안 나오길래."

"아, 이거."

루이가 가방 하나를 내밀었다. 아까 가방 파는 곳을 휙 둘러보다가 아주 잠깐 멈춰 서서 아주 잠깐 만져 본 건데, 루이가 그걸 놓치지 않고 본 모양이었다. 여기저기 지퍼와 주머니가 많이 달린 가방이었다. 물병 같은 것을 넣을 공간도 있었다. 하지만 눈에 띄어서 본 거지, 갖고 싶은 건 아니었다. 정말로.

"뭐야……?"

"포인트로 샀으니까 토 달지 마."

"나 주려고?"

"어."

"왜?"

"왜냐면, 어, 아무 날도 아니니까. 너 무슨 날 무슨 날 챙기는 거 딱 질색이잖아. 오늘 누구 생일도 아니고 크리스마스도 아니고 아무 날도 아니니까."

두서없이 중얼거리는 루이를 물끄러미 보았다.

"너 초등학생 때부터 메고 다니는 그 가방 엄청 아끼는 거 아는데, 그래도 한 번씩 기분 전환할 때나 특별한 날에, 아, 몰라, 어, 아무튼 아무 날에나 메든가 말든가."

루이가 혼잣말인 듯 아닌 듯 구시렁댔다. 처음부터 이럴 작정으로 루이가 나를 데려왔는지는 몰라도 내가 이걸 거절하면 정말 나쁜 사람이 될 거였다. 일단 받기는 해야 했다. 죽은 것처럼 천천히 수렁 속으로 가라앉다가 이제 막 지느러미를 살살 움직이기 시작한 루이가, 내가 쿡쿡 찔러 대지 않으면 또다시 가라앉을 게 틀림없는 루이가 내 처분을 기다리며 먼산바라기를 하고 있었다.

"알았어. 고마워."

그러자 루이가 나를 바로 보며 빙긋 웃었다.

"열어 봐. 안에도 수납공간 많은 거 같더라. 너 그런 거 좋아하잖아."

자기가 멜 것도 아니면서 루이가 신이 나서 말했다.

장바구니와 비닐봉지, 텀블러, 필기도구, 립밤, 핸드크림, 손 소독제, 휴지, 손수건, 보조 배터리는 물론이고 비상약, 반창고, 사탕, 초콜릿, 맥가이버 칼 그리고 휴대용 심장충격기까지 넣고 다니는 내 가방을 우리 반 아이들은 생존가방이라고 불렀다. 정작 그 가방 덕에 생사의 고비를 넘긴 건 내가 아닌 그 아이들이었고, 그중에서도 최대 수혜자이자 최근의 수혜자는 바로 루이였다. 루이가 나에게 기어이 휴지까지 갖다 바치게 한 게 이틀 전이었다. 집으로 향하던 자전거를 돌려 전속력으로 달려간 나는 다리에 쥐가 났고, 공중화장실 변기에 앉아 휴지를 기다린 루이는 엉덩이가 저려서 못 걷겠다고 징징댔다.

괜찮다는데도 루이가 나를 대신해 가장 먼 상점에 가서 마지막으로 한 봉지 남은 생물 굼벵이를 손에 넣은 덕에 생각보다 일찍 심부름을 마칠 수 있었다. 그 바람에 루이를 집에 바래다주려고 나섰다가 뜻밖에 길어진 여정이 우리 집 앞에서 끝났고, 결국 루이가 나를 바래다준 셈이 되고 말았다.

"고마워. 피곤하겠다. 얼른 가."

"그래."

자전거에 오르던 루이가 돌아서서 물었다.

"이번 31일에도…… 아무것도 안 할 거지……?"

"알면서 왜 물어."

"알았어. 간다."

자전거에 올라탄 루이가 멀어지다가 모퉁이를 돌아 사라졌다.

"루이, 은근 센스 있네. 그거 딱 메고 데이트 나오라는 뜻이잖아!"

고모가 아무리 연애와 담쌓고 사는 사람이라지만 몰라도 너무 모른다.

"맨날 보는 애랑 무슨 데이트를 해. 맨날 여기 와서 밥 먹고 토하는 애랑."

컴퓨터 작업을 하던 고모가 팔을 뻗어 기지개를 켜고는 계속했다.

"아무튼 루이한테 잘해."

"여기서 어떻게 더 잘하라고."

"알지, 잘하는 거. 근데 제야의 종소리 같이 듣는 게 소원이라는데 한번 들어줘라. 그게 뭐 어렵다고."

"고모가 할 말은 아닌 거 같은데."

시각도 날짜도 임의의 순간을 기준으로 일정한 간격을 두고 찍은 점 같은 거라고, 지구 위에 그린 24개의 자오선마다 번호표를 붙인 게 표준시라고, 우주는 그런 것 따위에 맞춰 움직이지 않는다고 가르쳐 준 사람이 고모였다. 고모가 아니었어도 시간에, 날짜에 의미를 부여해 일희일비하지 않을 나였다. 우리가 그레고리력 대신에 여전히 율리우스력을 쓰고 있었다면 다다음 주 금요일은 12월 31일이 아니라 12월 17일일 터였다.

엄마가 죽은 2월 29일이 4년에 한 번 윤년에만 돌아온다고 해서 덜 슬프지 않듯이, 달력에 그 날짜가 없다고 해서 그 사실이 없던 일이 되지 않듯이, 죽은 엄마가 영영 살아 돌아올 수 없듯이, 날짜도 시간도 숫자 놀음일 뿐이었다. 그런데도 아빠는 언제나 새해를 맞을 때면 28일까지밖에 없는 2월 달력을 확인하며 엄마뿐 아니라 엄마가 죽은 날마저 잃은 것처럼 슬픔에 잠겼다. 결혼기념일은 물론이고 엄마를 처음 알게 된 날, 고백한 날, 사귀기로 한 날, 청혼한 날을 비롯한 모든 날이면 지금도 마당에 핀 꽃을 꺾어다 엄마 사진 앞에 놓는 아빠는 드디어 4년 만에 처음으로 제대로 맞을 줄 알았던 엄마의 기일이 올해 달력에서도 빠져 있는 걸 보고 믿지 못했다.

"4와 100으로 동시에 나눠떨어지는 해는 윤년에서 제외야. 근데 그중에서 400으로 나눠떨어지는 해는 윤년으로 두고. 시간이라는 게 그래. 계산이 똑 떨어지지 않고 지저분할 수밖에 없다고."

지구의 공전 주기와 실제 태양년을 맞추려면 그럴 수밖에 없다는 고모의 설명을 듣고도 아빠는 어딘가에는 2월이 29일까지인 달력이 있을 거라며 달력 앱을 종류대로 뒤졌다. 어느 하루도 덜 슬픈 날이, 덜 화가 나는 날이 없는 나와 달리 더 슬퍼할 날을 찾으려는 사람처럼.

그런 아빠처럼 사람들은 올 12월 31일이면 세상이 바뀔 것처럼, 시간과 함께 모든 것이 씻겨 가 버릴 것처럼 입을 모아 큰 소리로 카운트다운을 하고 종을 치고 박수를 쳐 대려고 벼르고 있었다. 올 12월 31일은 한 해가 아닌 무려 한 세기의 마지막 날이라고 떠들어 댈 때부터 귀를 틀어막고 싶었다. 올해가 시작되면서부터였다. 올해의 모든 날,

모든 것에 21세기의 마지막이라는 딱지가 붙었다. 21세기의 마지막 설날, 마지막 삼일절, 마지막 어린이날, 마지막 한가위……. 올 한 해가 통째로 마지막 타령을 하는 데 흘러갔다.

마지막일 리 없었다. 21세기가 이렇게 끝날 리 없었다. 21세기는 마켓 2050에 산더미처럼 쌓여 있었다. 땅속 깊이 묻힌 채 썩지도 않을 것이다. 엄마를 잃은 나를 두고, 아빠를 잃은 루이를 두고 21세기가 이렇게 도망쳐 버리면 안 되는 거다.

2045년을 전후로 원인 불명의 영아 사망이 속출했다. 수많은 아기가 태어나자마자, 심지어 태어나기도 전에 죽었다. 애초에 생기지도 않은 아기에게는 차라리 축복이었다. 벌목과 방화로 이미 몸살을 앓던 아마존을 시작으로 지구 전체의 생태계가 인간의 영아 사망과 궤를 같이하며 절멸의 길에 들어서는 듯했다. 인수 공통 감염은 물론이고 식물마저 감염시키는 BCR의 각종 변이 바이러스가 마치 지구 위에 더는 새로운 생명을 허용하지 않겠다는 듯 어린것들만 골라 죽인 것이다.

발아하는 법을 잊은 씨앗이 땅속에서, 간신히 돋은 싹이 그 자리에서 소리 없이 죽어 갔다. 수많은 새끼 동물이 집

단으로 폐사하며 종말을 고했다. 태어나자마자 죽은 돌고래와 바다사자의 사체가 끝없이 해안으로 밀려오는 동안 바닷속에서는 작은 것들의 사체가 눈처럼 내렸다. 그 무렵에 집중적으로 멸종한 크고 작은 생물이 5000종에 달했다. 가히 지구의 복수라고 불릴 만했다.

오래전부터 하향 곡선을 그리던 인구 그래프가 그 무렵을 기점으로 수직 낙하하자, 난데없이 나타나 대응할 틈도 주지 않고 변이를 거듭하는 영아 살해 바이러스 앞에서 인류는 오랜 금기를 깨는 데에 허겁지겁 합의했다. 인간 배아의 유전자 편집을 허용한 것이다. 물론 BCR―H 바이러스의 감염에 관여하는 특정 유전자를 지닌 배아에 한해서였다. 아기들은 살리고 봐야 하지 않겠느냐는 호소 앞에서, 이대로 두 눈 뜨고 인류의 멸종을 맞을 수는 없지 않겠느냐는 절규 앞에서, 생명 윤리 따위는 설 자리를 잃었다. 여전히 유전자 편집에 반대하며 자연 임신을 고집한 부모의 절반은 결국 아이를 잃었고, 애도는커녕 그깟 유전자 하나도 미리 잘라 내지 않고 뭐 했느냐는 손가락질을 받으며 두 번 울었다.

자신의 침투를 허용하는 수용체 단백질을 찾을 수 없게 되고서야 BCR―H가 조용히 물러났다. 긴 싸움 끝에 아기들이 살아남은 것이다. 첫 발병 보고 후 7년 만이었다.

완벽한 면역력을 부여받고 태어난 아기들이 보란 듯이 영아기를 거쳐 별 탈 없이 자라는 것을 확인한 인류는 축배를 들며 배아 유전자 편집의 시대를 열어젖혔다. BCR—H 바이러스의 종식이 공식적으로 선언되었는데도 많은 예비 부모들이 굳이 인공 수정과 배아의 유전자 검사를 원했으며, 해당 유전자의 제거뿐 아니라 그 밖의 다양한 질병에 대비해 이런저런 유전자를 잘라 내고 이어 붙일 것을 주문했다. 절벽 아래에서 제자리걸음을 하던 인구 그래프가 미미하게나마 상승 곡선을 그리기 시작한 것은 누가 봐도 유전자 편집의 결과이자 인류의 승리였다.

그러나 물러난 줄 알았던 비극은 다른 골목에 숨어 기다리고 있었다. 그리고 40대가 된 그때의 아기들 앞에 다시 나타나 하나둘 숨통을 끊어 놓기 시작했다. 폐를 이루는 폐포들이 약속이나 한 듯 제 기능을 다하고 멈추었다. 40년 전에 제거한 바로 그 유전자의 부재에서 원인을 찾는 것은 어렵지 않았다. 같은 증상을 보이는 환자와 사망자 모두가 배아 상태에서 유전자 제거 시술을 받았다는 공통점을 지녔던 것이다.

유전자 편집으로 태어난 엄마도 예외일 수 없었다. 3년

넘게 인공호흡기를 달고 투병하던 엄마는 내가 초등학교를 마치는 것도 못 보고 죽었다. 루이네 아빠가 발병 2년 만에 돌아가신 게 작년이었다.

"조금 일찍 찾아올 가족과의 이별에 대비하세요."

특정 연령대의 집단 발병과 사망이 폭증하자 각국 정부는 허둥지둥 치료제 개발에 착수하는 한편, 가정과 학교, 지역 사회에 공동 심리 치료 프로그램을 배포했다. 일찍 부모를 잃은 아이들과 일찍 부모를 잃을 아이들이, 일찍 자식을 잃은 노인들과 일찍 자식을 잃을 노인들이 한자리에 모여 가슴을 치는 동안 인간 배아의 유전자 편집이 또다시 전면적으로 금지되었다.

불행과 슬픔에도 크기가 있다면 나나 루이가 그나마 나은 편이었다. 양쪽 모두 유전자 편집으로 태어난 부모를 둔 아이, 그러니까 누구에게서도 문제의 유전자를 물려받지 못한 아이는 자신 또한 같은 길을 걷게 되리라는 공포까지 끌어안고 살아야 했다. 인류는 하나의 유전자 제거가 하나의 결과만을 가져오지 않는다는 단순한 사실을 길고도 가혹한 대가를 치르며 확인하는 중이었다.

"에라, 모르겠다. 오늘은 여기까지."

컴퓨터 앞에서 머리를 싸매고 있던 고모가 기지개를 켜

며 말했다.

"아직도 뭐가 잘 안 돼?"

고모가 맡은 프로젝트가 몇 년째 제자리걸음 중이라고 했다. 어렸을 땐 고모가 멸종한 생명체를 복원하는 연구원이라는 걸 알고 당장 공룡부터 살려 내라고 졸라 댔다. 유치원에 가서 큰소리도 쳤다. 조금만 있으면 고모가 스테고사우루스를 데려올 거라고. 우리 집에 구경하러 오라고.

하지만 고모는 그건 아주아주 나중에나 가능할 거라고, 더 급한 게 있다고 했다. 복원에도 순서가 있다는 그 말을 그때는 이해하지 못했다. 고모는 60여 년 전, 심각한 전염병을 옮기는 백해무익한 종이라는 이유로 유전자를 편집해 번식을 억제하고 기어이 멸종시킨 모기라는 곤충을 복원하는 일에 몇 년째 매달리고 있었다. 그 작은 곤충의 멸종 때문에 어긋나 버린 생태계의 고리도 BCR의 원인 중 하나였다고 했다. 고모는 밤새 사람들의 귓가에서 앵앵거리며 피를 빨아 잠도 못 자게 하는 모기를 되살리느라 잠도 못 잤다.

"고모 내일 연구소 들어가면 한동안 못 나와. 22세기에 보자."

고모가 뻑뻑한 눈을 비비며 말했다.

"아, 진짜. 딱 싫다고, 그런 말."

그러자 고모가 나를 물끄러미 바라보다가 말했다.

"솔. 너무 일찍 어른이 돼서, 고모가 속상해."

고모가 무슨 말을 하려는지 알았다. 가슴이 울렁거리기 시작했다.

"예쁜 거 사고 싶고, 선물하고 싶고, 기념일 챙기고 싶은 거, 그렇게 나쁜 거 아니잖아. 죄책감 느낄 일 아니라고. 가끔 좀 하면 어때. 그리고 야, 그때나 하지. 내 나이 돼 봐. 세상 귀찮지."

고모가 말끝에 빙긋 웃었다. 나는 이를 악물었지만 눈물이 핑 도는 건 막을 수 없었다.

"고모 어렸을 땐 친구가 그렇게 원하는데도 모른 척했잖아, 바보처럼. 같이 카운트다운도 하고 제야의 종소리도 듣고 셀카도 찍자는 게 바보 같아서. 못 이기는 척하고 들어줄걸. 그 나이에 병실에서 그걸 하게 될 줄 알았으면."

엄마와 고모는 초등학교 때부터 붙어 다니던 둘도 없는 단짝이었다. 뒤늦게 고모와 함께 둘만의 송년의 밤을 보낸 그해를 마지막으로 엄마는 더는 제야의 종소리를 듣지 못했다. 가죽만 남은 창백한 얼굴로 활짝 웃는 엄마를 안고서 고모가 울지 않으려고 두 눈을 부릅뜨고 있었다. 엄마가 남긴 마지막 사진 속에서.

체육 수업을 마지막으로 2학기 수업이 모두 끝났다. 종업식을 마치고도 몇몇 아이가 교실에 남아 이야기꽃을 피웠다. 무슨 이야기를 하는지 뻔했다. 학교에서 만날 때마다 31일 밤을 어떻게 보낼 건지로 시끄러운 아이들이었다. 교실을 나서는 등 뒤로 호수 공원에 퍼레이드를 보러 가자는 둥, 시립 야구장에서 열리는 공연을 보러 가자는 둥 의견이 분분했다.

"솔, 같이 가."

아이들에 섞여 있던 루이가 따라 나오며 말했다.

"왜 나와. 애들하고 뭐 계획 짜던 거 아니었어?"

"생각해 보니까 뻘짓 같아서. 시간이고 날짜고 다 뭐라고."

루이까지 그럴 일은 아니었다. 고모 말대로 내가 너무 유난을 떠는 바람에 루이까지 눈치를 보게 만든 것 같아서 미안해지려는 참이었다. 메고 있던 가방 밑바닥이 부욱 터지면서 내용물이 와르르 쏟아져 나왔다.

"언젠가 이럴 줄 알았다고, 내가."

나보다 루이가 먼저 주저앉아 이것저것 주워 모으기 시작했다. 미술 도구를 비롯해 사물함에 보관해 두었던 것들을 한데 쑤셔 넣었다가 이 사달이 나고 말았다.

"기억해. 생존 가방의 생존은 내가 지켰다는 거."

루이가 주워 모은 물건을 자기 가방에 담으며 생색을 냈다.

"아닌데? 이리 줘."

가방 옆주머니에는 장바구니와 비닐봉지가 언제나 준비되어 있었다.

"기억해. 생존 가방은 스스로의 생존도 지킨다는 거."

옆주머니에서 꺼낸 장바구니와 비닐봉지에 물건들을 적당히 나눠 담았다. 무거운 것은 장바구니에, 가벼운 것은 비닐봉지 두 개에 나눠서. 그리고 비닐봉지 하나씩을 자전거 핸들에 걸고 장바구니는 자전거 바구니에 담았다. 루이는 궁상 좀 그만 떨라면서도 그 과정을 다 도왔다. 밑이 터진 가방을 다시 메고 자전거 페달을 밟자 빈 가방이 깃발처럼 펄럭펄럭 나부꼈다.

"네 가방이 비명 지르는 거 같아."

루이가 뒤따라오며 말했다.

"비명?"

"살려 달라고. 주인이 너무 혹사한다고."

"조금만 기다리라고 해. 수술해서 살려 낼 거라고."

루이는 모를 테지만 이미 밑바닥을 비롯해 여기저기를 여러 차례 꿰매고 덧대어 쓰는 중이었다.

"최근에 누가 제법 괜찮은 가방을 선물했다는 제보가 있던데."

그러고는 루이가 나를 쌩 앞질러 달렸다.

집에 돌아와 짐을 정리한 뒤 가방을 책상 위에 내려놓았다. 여느 때와 달리 모서리 하나만 남기고 다 터진 밑면이 마치 아래로 난 뚜껑처럼 덜렁거렸다. 이 꼴로 나부꼈을 테니 뒤따라오던 루이에게는 가방이 비명을 지르는 것처럼 보일 만도 했다. 터질 때마다 솔기를 당겨서 꿰매 온 터라 모양도 조금씩 뒤틀리고 내부 공간도 줄었지만 다시 튼튼하게 꿰매면 얼마든지 더 쓸 수 있었다. 좀 더 작아지겠지만 그만큼 물건을 덜 넣으면 되고.

가방을 뒤집은 다음 끊긴 실을 뽑아내고 솔기에서 풀린 올을 가위로 정리했다. 그런 다음 반짇고리에서 튼튼한 실과 굵은 바늘을 꺼냈다. 지난번에 꿰맬 때 솔기 여유를 적게 잡은 탓에 쉽게 터진 것 같아서 이번엔 제법 여유를 두고 바느질 선을 잡았다. 네 겹 실로 박음질한 다음 솔기에 바이어스 테이프까지 두르면 웬만해서는 바닥이 또다시 터질 일이 없을 것 같았다.

왼손으로 솔기를 단단히 움켜잡은 다음 오른손 엄지로

바늘 머리를 힘껏 밀어 넣을 때였다. 시작도 하지 않은 바느질이 문득 고단하게 느껴졌다. 밑면과 옆면의 아귀가 맞지 않아 모양이 더 틀어지고 크기가 줄어들 가방을 떠올리자 온몸의 기운이 빠지면서 다 그만두고 싶어져 버렸다. 누구에게랄 것도 없이 화가 나려고 했다.

언제던가 떨어진 어깨끈을 꿰매는 나를 보고 고모가 물었다.

"솔아, 언제까지 그럴 건지 물어봐도 돼? 그 가방 대체 언제까지 그렇게 누덕누덕 고쳐 쓸 건지."

"왜, 지지리 궁상 같아? 이 바느질 고모한테 배운 건데?"

"그만 놔주는 게 어떨까 해서. 그 가방도. 엄마도."

바느질하던 손이 멈칫했다.

"네가 한 땀 한 땀 박아넣는 게, 미움 같아서. 원망 같아서."

그때 한 귀로 듣고 한 귀로 흘려 버린 줄만 알았던 고모의 말이 내 안에서 들려왔다. 때를 기다렸다는 듯이.

나는 꼼짝없이 인정해야만 했다. 그 가방을 놓지 못하는 내 마음에 실은 미움이 담겨 있었다는 것을. 엄마가 쓰던 가방이라는 이유로 몇 번이고 고쳐 놓고야 마는 내 손이 실은 오기를 부리고 있었다는 것을. 해지고 터질 때마다 가방 솔기에 바늘을 찔러 대던 내가 실은 누가 이기나 보자며 싸우고 있었다는 것을.

솔기와 바늘을 쥐었던 두 손을 툭 내려놓았다. 이 힘든 싸움을 그만두고 싶었다. 나는 이 싸움에서 이길 수 없었다. 내가 돌이킬 수 있는 건 하나도 없었다. 나는 아마존의 루푸나도, 태어나자마자 죽은 아기들과 새끼 돌고래들도 살려 낼 수 없었다. 가죽만 남은 두 뺨에 주름이 가득하도록 활짝 웃는 사진 속의 엄마도.

옷장에 아무렇게나 던져 넣었던 새 가방을 꺼냈다. 루이에게는 미안하지만, 들고 다닐 생각은 해 본 적 없는 가방이었다. 내가 아는 루이도 내가 이걸 들고 다닐 거라고는 기대하지 않을 터였다. 처음으로 찬찬히 가방을 살펴보았다. 무심히 지나가던 내 눈에 띈 만큼 색깔도 환한 데다 그날 잠깐 열어 본 것처럼 안쪽에도 주머니와 지퍼가 있어서 이것저것 나눠 넣기에 좋아 보였다.

이 가방의 주인은 대체 이 좋은 걸 왜 쓰지도 않고 내 손에 흘러들어 오게 했을까 생각하자 슬슬 화가 났다. 그리고 그런 나에게 더 크게 화가 났다. 나는 언제쯤 화를 멈출 수 있을까. 루이는 내 화가 멈추는 날이 지구가 식는 날일 거라고 했다. 내가 화낼 줄 알면서도 이 가방을 건넨 루이는 실은 어떤 식으로든 내 화를 식히는 아이였다. 나는 내가 늘 루이를 신경 쓰며 위로한다고 생각했지만, 돌아보면 내 화와 화 사이의 웃음에는 늘 루이가 있었다.

가방을 열고 안쪽을 들여다보다가 안주머니를 열자 두 번 접은 제법 큰 종이가 보였다. 제품 보증서인가 하고 꺼냈는데 글자가 빼곡한 걸 보니 편지 같았다.

이 가방이 쓰레기로 버려지지 않고 누군가의 손에 닿았다면 더없이 기쁘겠어요. 이 가방은 얼마 전 온라인 서점에서 우수 고객으로 선정되어 받은 거예요. 수납공간이 많고 예뻐서 마음에 쏙 들지만 저는 어른이 되어서까지 쓸 가방이 벌써 몇 개 있어요. 마침 저와 친구들이 미래의 친구들에게 전할 물건을 모으는 프로젝트를 계획 중인데, 제가 제일 먼저 이걸 내놓기로 했어요. 우리 프로젝트에 아직 이름을 붙이지는 못했지만 어쨌든 이 가방이 1호가 될 거예요.

부끄럽지만 우리가 너무 많은 것을 만들었어요. 그래서 나눠 쓸 방법을 고민한 끝에 미래의 친구들과 나누면 어떨까 생각한 거예요. 이런 제 생각을 비웃을 줄 알았는데 친구들이 선뜻 동의하고 SNS에도 소문을 낸 덕에, 학교 친구들은 물론이고 전국 곳곳에서 그리고 해외의 친구들까지 동참하겠다는 뜻을 보내고 있어요.

일단은 학교별로 그리고 지역 단위로 시작할 계획이지만 만약 이게 확장돼 전 세계가 동참한다면 얼마나 좋을까요? 몇십 년 뒤의 사람들이 굳이 공장을 가동해 물건을 새로 만들지 않고 우리가 모아 둔 물건을 아주 저렴한 가격이나 공짜로 쓰게 된다면요! 물론 선물이니까 깨끗하고 좋은 것만 모을 거예요. 상하거나 망가지지 않을 것으로요. (사실은 너무 상하지 않아서 문제이지만 말이에요!)

알고 있겠지만 지금 이곳은 좋지 않아요. 많은 사람이 아프고 특히 아기들이 많이 아파요. 몇 년 전부터 많은 아기가 태어나자마자 죽는 바람에 전 세계가 발칵 뒤집혔어요. 원인 바이러스는 겨우 찾았지만 아직도 해결책을 못 찾고 있어요. 무서워요. 다른 누구도 아닌 아기들이 아무것도 모른 채 이렇게 죽게 할 수는 없어요.

우리가 질병에 대해 할 수 있는 일은 아무것도 없지만 그렇다고 아무것도 안 할 수는 없어요. 우리는 우리가 할 수 있는 일을 할 거예요. 지금껏 만들어 놓은 것만으로도 이미 충분하니 제발 물건 좀 그만 만들라고 호소할 거예요. 덜 사고 덜 쓰고 덜 버리면서 미래로 보낼 물건들을 부지런히 모으려고 해요.

이 가방은 딱 한 번 들었어요. 사진 찍느라고요. 다시 봐도 정말 마음에 쏙 들어요. 이 편지를 읽는 당신도 이 가방이 마음에 쏙 들어서 손에 넣었기를, 그래서 지퍼를 열고 이 편지를 꺼내 읽고 있기를 바라요. 그 시대엔 가방에 어떤 걸 넣고 다닐지 정말 궁금해요. 제가 들지 못한 이 가방을 오래오래 들어 주면 좋겠어요. 그리고 부디 그곳, 그 시간이 지금보다 낫기를 간절히 바라요.

2049년 5월 12일 한새고등학교 1학년 유지안 드림

과거는 언제나 내게 미움부터 불러일으켰기에 그 시절의 사람들은 얼굴을 알아볼 수 없는 그림자 무더기 같은 존재였다. 싸잡아 미워할 수 있는.

그런 내게 편지를 읽기 시작한 순간 떠오른 얼굴 하나가 있었다. 그 희미한 얼굴이 편지를 한 줄 한 줄 읽어 내려갈수록 또렷해졌다. 그리고 마침내 유지안이라는 이름과 함께 사진처럼 또렷이 남았다. 언젠가 잠깐 스쳤지만 결코 잊을 수 없는 분명한 얼굴처럼.

눈을 감았다. 또렷한 그 얼굴 주위로 수많은 얼굴이 떠올랐다가 흔들리며 흩어졌다. 그리고 그 가운데 어떤 얼굴들이 기어이 유지안의 곁에 남았다. 실패할 수도, 아무런

성과도 남기지 못할 수 있다는 걸 알면서도 작은 발걸음을 뗀 이들의 얼굴이었다. 그들이 보낸 편지가, 해류를 타고 떠밀려 온 병 속의 편지처럼 시간을 타고 떠내려온 가방 속의 편지가 내 손에 쥐여 있었다. 편지를 쥔 손이 작게 떨리면서 참을 수 없이 가슴이 울렁거렸다.

전화를 걸자 루이가 내용을 다 듣기도 전에 우리 집으로 달려왔다. 들어서자마자 편지를 받아 들고 읽기 시작한 루이는 자꾸 멈칫하며 숨을 골랐다. 단 한 번 읽었을 뿐이지만 루이가 어느 대목에서 눈을 떼지 못하는지 알 것 같았다. 편지를 다 읽고 난 루이가 고개를 들고 천장을 바라보았다. 그날처럼. 지리산 계곡에서처럼.

"강루이, 나랑 어디 좀 갈래?"

그러자 루이가 나를 바라보았다. 물기 어린 두 눈이 빨갰다. 가만히 고개를 끄덕이던 루이가 벽시계를 보며 외쳤다.

"근데 시간이……!"

시계가 저녁 8시 11분을 가리키고 있었다. 신발을 신는 둥 마는 둥 뛰쳐나간 우리는 자전거에 올라타고 미친 듯이 페달을 밟았다. 오르막길에서는 한쪽 종아리에 쥐가 났지만 멈출 수 없었다.

"폐장, 10분, 전인가, 부터는, 안 들여, 보내, 준다던데."

"뭐, 놓고, 나왔다고, 하면, 되지, 않을, 까?"

우리 둘 다 턱까지 숨이 차올라서 말도 제대로 내뱉기 힘들었다. 주차장에 들어선 우리는 남은 힘을 끌어모아 페달을 밟았다. 그리고 입구와 가장 가까운 곳에 자전거를 내동댕이치다시피 하고는 입구 쪽으로 달렸다.

마켓 2050.

그날 이후로 두 번 다시는 오지 않으리라 생각한 곳이었다. 폐장 9분 전이었다. 들어가는 사람은 물론이고 나오는 사람 하나 없는 한산한 입구를 향해 루이와 내가 숨을 헐떡이며 달렸다.

"놓고 온 게 있어서요!"

누가 묻지도 않았는데 다급히 외치면서 달려 들어가던 루이가 뒤로 돌더니 내 손을 쥐고 달렸다. 로비 중앙에 다다른 우리는 낮에만 가동하는 에스컬레이터를 계단 삼아 쿵쿵 걸어 올라갔다. 그리고 터질 것 같은 가슴으로 숨을 몰아쉬며 마지막 계단에 올라섰다.

그 순간, 누가 음 소거 버튼을 누른 것처럼 아무 소리도 들리지 않았다. 눈앞의 모든 것이 사진처럼 정지한 듯 보였다. 바로 며칠 전에 왔던 곳인데도 처음처럼 낯설었다. 산더미처럼 쌓인 물건들을 보는 순간 숨이 턱 막히던 그곳이 아니었다. 이곳을 가득 메운 것은 주인을 잃고 시간에 떠밀려 내려와 두서없이 쌓인 퇴적물이 아니었다. 저마다가 보내는 이의 간절한 바람을 담고 이곳에, 이 시간에 도착한 편지였다. 마켓 2050 전체가 거대한 타임캡슐이었다.

시간만 있다면 이곳에 쌓인 편지를 전부 읽고 싶었다. 하나하나 매만지면서 보낸 이의 마음에 닿고 싶었다. 그리고 유지안에게, 그 친구들에게, 그들의 작은 발걸음이 결코 헛되지 않았다고, 그들이 보낸 편지가 이렇게 무사히 잘 도착했다고 알리고 싶었다.

폐장 5분 전을 알리는 안내 방송과 함께 조명이 하나둘 꺼지기 시작했다. 루이와 나는 동시에 서로의 손을 힘주어 쥐었다. 그날 루이가 나를 끌고 이곳에 오지 않았다면, 내가 그 가방에 슬쩍 눈길을 주지 않았다면, 그 순간을 루이가 놓쳤다면, 그 순간을 놓치지는 않았지만 펄펄 뛸 게 틀림없는 나에게 욕먹을 각오를 하지 않았다면 내게 마켓 2050은 영원히 경멸의 장소로 남았을 것이다. 그리고 나는 그 물건을 만들어 낸 사람들을, 그 시절의 사람들 모두를 내내 미워했을 것이다. 2049년의 유지안과 친구들을 영영 알지 못한 채로.

이튿날부터 루이와 나는 누가 먼저랄 것 없이 유지안을 검색했다. 정확히는 유지안과 마켓 2050의 관계였다. 마켓 2050은 그저 세상에 차고 넘치도록 많은 물건을 2050년부터 모아 두었다가 파는 전 세계 체인이 아니었다. 편지의 내용대로라면 유지안이 마켓 2050을 시작한 장본인이었다. 편지 안에 딱히 프로젝트의 이름 같은 게 없는 것을 보면 그때만 해도 전 세계의 동참이란 그저 큰 꿈에 불과했을 것이다. 그 꿈만 같은 바람대로 전 세계가 마켓 2050이라는 이름 아래 동참할 줄 모르고 그저 가방 하나를 내놓는 것으로 첫발을 내디딘 그 아이 유지안을 간절히 찾고 싶었다.

　마켓 2050의 홈페이지와 몇몇 온라인 백과사전 그리고 뉴스를 검색한 결과는 비슷비슷했다. 수요와 공급의 법칙이 완전히 무너지면서 공급이 수요를 창출하는 시장이 도래한 지 오래였다고 했다. 수요가 절대 따라잡을 수 없는 공급으로 인한 유휴 재화를 더는 매립할 수도, 소각할 수도, 재활용할 수도 없는 지경에 이르자 미래 시장의 공급분으로 이월하자는 운동이 세계 곳곳에서 시작됐는데, 가장 먼저 소규모 지역 단위로 실시한 한국이 주도국이 되어 전 세계에 지점을 두면서 오늘날에 이르렀다는 것이 핵심 내용이었다. 정식 출범은 2054년이었지만 한국 소도시의 고등학교에 최초의 물품 창고가 지정된 2050년을 기려 마켓 2050이라는 이름이 붙었다는 설명도 찾을 수 있었다.

마켓 2050 한새고등학교 유지안

마켓 2050 설립자 유지안

마켓 2050 창안

이 밖에도 여러 키워드를 넣고 검색해 봤지만 제법 흔한 이름인 유지안과 마켓 2050의 관계를 확인할 수 있는 정보는 찾을 수 없었다. 동명이인인 유지안의 마켓 2050 쇼핑 후기가 대부분이었다. 그것들을 일일이 걸러낸 끝에 드디어 한국의 학생들이 주도한 운동에 관한 단신 몇 개를 겨우 찾았다. 그렇지만 그 안에서 학생의 이름이나 사진 따위는 찾을 수 없었다.

"학교 홈페이지!"

태블릿을 들고 소파에 앉아 졸고 있던 루이가 버럭 소리를 질렀다.

"깜짝이야."

"한새고등학교 홈페이지에 뭐라도 남아 있지 않을까?

그 학교에서 제일 먼저 시작했다니까."

"그렇겠네. 왜 그 생각을 못 했지?"

정신이 번쩍 든 루이와 나는 각자의 태블릿으로 한새고등학교 홈페이지를 검색했다. 누가 먼저 유지안을 만날 것인지 경쟁이라도 하듯 서로를 곁눈질하면서.

손만 뻗으면 닿을 것 같던 유지안이 또다시 안갯속으로 사라지는 데는 그리 오래 걸리지 않았다. 한새고등학교는 현존하지 않았다. 온라인 백과사전에 따르면 한새고등학교는 급감하는 학생 수를 견디지 못하고 2049학년도를 끝으로 폐교되었으며 재학생들은 각자의 거주지와 가까운 학교로 뿔뿔이 흩어졌다. 학교 홈페이지 링크가 있기는 했지만 접속할 수 없었다. 서버가 남아 있을 리 없으니 당연했다.

"하필……."

유지안을 중심으로 한새고등학교에서 시작한 수집이 그해에 곧바로 민간단체로 인계되지는 않았을 것이다. 그랬다면 마켓 2050이 아니라 마켓 2049가 됐을 테니까. 유지안이 학교를 옮긴 뒤에도 프로젝트를 멈추지 않은 것만은 확실했다. 그러지 않았다면 마켓 2050이라는 이름이 한국의 고등학교에 최초로 지정된 창고를 기린 데서 나왔다는 설명이 성립할 수 없었다.

"정리하자면, 유지안은 한새고등학교 1학년이던 2049년에 이 프로젝트를 구상했고 그 가방, 응, 내가 사 준 그 가방을 1호로 내놨어. 학교가 폐교되는 바람에 2학년인 2050년부터는 다른 학교에 다니면서 그 프로젝트를 계속했을 텐데, 그럼 최초의 창고라고 알려진 데는 한새고등학교가 아니라 유지안이 전학 간 학교의 창고 아닐까?"

"그렇겠네. 나중에 붙인 이름인 데다 어쨌든 민간단체에서 인수한 시점에서는 전학 간 학교에서 물건을 모으고 있었을 테니까."

"하…… 유지안이 어느 학교로 갔는지만이라도 알면 좋겠는데."

하지만 새 학교의 홈페이지를 찾는다고 해도 유지안의 존재나 최초 제안자로서의 위상이 제대로 기록되어 있을 가능성은 낮았다. 유지안이 전학 가기 전에 그 학교에서도 이미 한새고등학교를 따라 비슷한 일을 시행하고 있었다면 더더욱. 그러고 보니 프로젝트를 인수한 민간단체가 최초의 제안자인 유지안을 각별히 기억하고 기록을 남기지 못할 만도 했다. 그 이유가 한새고등학교의 폐교라는 점에서 더욱 안타까웠다. 학교 하나가 사라지는 것은 유지안의 작은 발걸음을 비롯해 그곳에 쌓인 모든 역사가 사라지는 일이었다.

"보통 폐교를 갑자기 하지는 않잖아."

"그치. 결정하는 절차도 있을 거고, 결정되면 통보도 하고 그러겠지."

우리는 우리가 할 수 있는 일을 할 거예요.

나라면 어땠을까. 폐교될 것을 알면서도 아득히 먼 무엇을 향해 그곳에서 첫발을 뗄 수 있었을까. 그곳에서의 첫해이자 마지막 해인 것을 알면서도 그곳에 씨앗을 뿌릴 수 있었을까. 유지안이 안갯속으로 멀어질수록 유지안을 찾고 싶은 마음은 커져만 갔다.

"분명히 방법이 있을 거야."

말은 그렇게 했지만 시간 여행을 하지 않는 한 우리가 할 수 있는 것이라고는 인터넷을 뒤지는 것이 전부였다.

유지안의 친구들이 SNS에 소문을 냈다고 했으니 당시 학생들이 주로 사용한 SNS를 알아내면 그 안에서 유지안을 찾을 수 있을지도 몰랐다. 여전히 숱한 동명이인을 걸러내는 문제가 남겠지만.

2049년이면 아빠나 고모가 태어났을 무렵이니 그때 유행하던 SNS가 아직 남아 있을 확률은 적었다. 아빠나 고모 모두 최근에 빅온(BigOn)에 계정을 만들고 이따금 사진이나 글을 올리고 있었다. 생긴 지 3년 정도 된 SNS였고 작년부터 부쩍 어른들이 들어오기 시작한 뒤로 나를 포함한 십 대들은 최근 새로 생긴 SNS로 벌써 빠져나가는 중이었다. 그때 고등학생이었다면 지금 일흔 살 전후. 초등학생이나 중학생이었다면 60대 후반. 어쨌든 내 주변에는 당장 물어볼 사람이 없었다. 얼른 생각난 게 역시나 만만한 루이였다. 루이네 할머니가 아직 살아 계신다고 들었다.

"할머니한테 중고등학생 때 쓰신 SNS가 뭔지 여쭤봐 줄 수 있어?"

"엄마도 아니고 할머니?"

큰 기대는 안 했지만 역시 루이네 할머니에게서는 원하던 답을 듣지 못했다. 주변에서 이런 걸 알아봐 줄 수 있는 사람은 아무리 생각해 봐도 고모뿐이었다.

– 마켓 2050 전신에 관해서 알아?

– 우리나라 학생들이 안 쓰는 물건 모으기 운동한 거 들어 본 적?

– 그게 어떻게 마켓 2050으로 이어졌는지 정확한 연결 고리를 못 찾겠음.

- 그 당시 학생들이 주로 쓰던 SNS가 뭐였는지 알아낼 방법?
  - 거기에 접속할 방법?

  고모가 일에 집중하는 동안에는 생사를 가를 중차대한 사안이 아니고서는 메시지를 보내 봤자 응답이 없다는 걸 알면서도 일단은 꼭 필요한 질문 몇 가지를 보냈다. 최대한 내용을 압축하고 한 질문씩 쪼개서 한눈에 알아볼 수 있게.

  혹시나 고모가 잠시 짬을 내서 답을 보내지 않았을까 하고 수시로 폰을 확인했지만 그런 일은 일어나지 않았다. 답을 보내기는커녕 이틀이 넘도록 내 질문을 읽지도 않고 있었다. 모기를 되살리느라 잠도 못 자는 고모를 탓할 수는 없었다.

  온라인 학원 수업을 듣고 과제를 하면서 학기 중과 다를 바 없는 나날을 보내던 어느 날이었다. 한밤중에 느닷없이 고모의 메시지가 잇달아 들어왔다.

  - 옛날 SNS까지 나더러 찾으라는???
  - 그런 건 좀 알아서;;;

아무리 잠도 못 자고 예민해 있다지만 고모답지 않게 매정하다 싶을 때였다.

　– 옛날 사이트에 접속하는 방법.

　그러면 그렇지. 이어서 고모가 가장 많은 데이터를 보유한 아카이브 사이트라면서 두 개의 링크를 보내 왔다. 그리고 각각의 검색창에 접속을 원하는 곳의 주소를 입력한 다음 접속을 원하는 기간을 설정해 보라고 했다. 50년 전에 유행한 SNS가 무엇이었는지를 알아내는 건 만만치 않을 수 있지만 접속할 방법이 있다는 것만으로도 절반은 성공한 듯한 기분이었다.

　단, 아카이브 업체에서 수집해 놓지 않은 곳이라면 찾을 길이 없다는 고모의 설명에는 잠시 낙담했다. 하지만 전국 곳곳은 물론이고 해외에서도 동참의 뜻을 밝혀 왔다고 한 만큼 유지안은 가장 대중적인 SNS를 이용한 게 틀림없으며 아카이브 업체에서 그런 사이트를 모아 두지 않을 이유가 없을 것 같았다.

　"히익!"
　숙제를 받아 든 루이가 기겁했다.

"찾기 싫어?"

"아니, 그럴 리가! 찾아야지!"

루이가 주먹을 불끈 쥐어 보이며 말했다. 루이를 보며 웃다 보니 나도 새삼 의욕이 솟았다. 나도 모르게 일말의 막막함을 느끼고 있었나 보다. 나도 살며시 주먹을 쥐어 보았다. 기다려, 유지안. 널 꼭 찾을 거야.

다행히 과거에 유행한 SNS를 10년 단위로 정리해 놓은 곳을 어렵지 않게 찾을 수 있었다. 2049년은 시기적으로는 2040년대에 속했지만 유지안이 막 떠오르기 시작한 곳을 이용했다면 2050년대에 유행한 곳까지 뒤져야 한다는 계산이 나왔다. 20년 단위 안에서 SNS의 주소를 추려낸 우리는 아카이브 사이트에 하나씩 입력해 보기로 했다.

"이렇게 하는 게 맞나?"

고모가 알려 준 대로 첫 번째 주소를 입력하고 2049년 5월의 특정 날짜를 선택하자 어디엔가 접속이 되기는 했다. 하지만 한눈에 봐도 화면 배열이 부자연스럽게 깨져 있고 사진이 있을 만한 자리가 여기저기 비어 있었다. 날짜를 바꿔 봐도 마찬가지였다. 그 안에서 유지안, 마켓 2050 등을 검색해 봐도 듬성듬성한 화면 안에 제대로 된 결과가 나타날 리 없었다.

내가 접속에 실패한 사이트를 루이가 다른 아카이브 사이트에서 찾는 방식으로 작업을 분담하기로 하고 나는 두 번째 사이트를 같은 방식으로 접속해 보려고 했다. 이유는 알 수 없지만 이번에는 화면 배열의 문제는 고사하고 아예 접속 자체가 불가능하다는 메시지가 떴다.

간신히 접속에 성공한 곳에서 그야말로 지푸라기라도 잡겠다는 심정으로 날짜를 바꿔 가며 키워드를 검색하는 일은 지루하고도 고된 노동이었다. 루이와 나는 겹치지 않도록 각자의 역할을 분담한 뒤 소일 삼아 쉬엄쉬엄 유지안을 찾기로 하고 헤어졌다.

하루 이틀 쉰 다음 각자가 며칠에 걸쳐 대여섯 곳을 검색한 결과 네 곳이 제법 안정적으로 접속이 가능한 곳으로 추려졌다. 그중 하나를 유지안이 썼기를 간절히 바라면서 내가 맡은 둘 중 하나에 특정 날짜를 넣고 접속했다. 하지만 애초에 회원 가입을 하지 않으면 대문 화면 말고는 아무것도 볼 수 없는 곳이었다. 회원 가입을 시도해 봤지만 주민등록번호와 연락처 형식이 적합하지 않다는 창만 계속 떴다. 루이도 자기가 맡은 곳에서 비슷한 일을 겪고 있다고 알려 왔다. 회원 가입을 위한 인증 번호를 발송했다는데 전송받은 것은 아무것도 없다면서. 그렇다면 나머지

둘에 모든 희망을 걸어야 했다.

내가 두 번째로 접속한 SNS의 첫 화면도 듬성듬성하기는 했지만 다행히 회원 가입 없이 검색이 가능했다. 천만다행으로 루이가 맡은 곳도 비슷하다고 했다. 루이는 루이대로, 나는 나대로 유지안과 마켓 2050을 중심으로 가능한 모든 키워드를 넣어 보기로 했다. 여전히 동명이인을 거르는 문제가 남아 있었지만 게시 일자가 2049년 5월에 가까운 기록을 추릴 수 있다는 데 희망을 품었다.

물론 시간은 오래 걸렸다. 루이와 의기투합한 뒤로 한동안은 유지안을 찾아내고야 말겠다는 생각에 잠도 없이 컴퓨터를 붙들고 살았지만 시간이 지날수록 기운이 빠지는 건 사실이었다. 루이도 마찬가지일 터였다. 며칠째 아무런 연락이 없었다. 31일까지도.

아빠와 저녁을 먹고 영화 한 편을 본 뒤 내 방으로 돌아왔다. 더는 입력해 볼 게 없어서 빈 검색창만 띄워 놓았던 태블릿을 끌 때였다. 나도 모르게 벽에 걸린 새 가방에 눈길이 향했다. 유지안의 편지를 읽은 뒤로 어쩐지 가방을 옷장 안에 도로 넣기가 미안해서 벽에 걸어 둔 지 2주가 되어 가고 있었다. 한참 가방을 보던 나는 가방을 집어 들고 거울 앞에 섰다. 그 가방을 쓸 생각에서는 아니었다. 그냥 한 번만, 가방을 메고 거울만 한 번 볼 생각이었다. 그날 꿰매려다 만 엄마의 가방이 숙제처럼 옷장 안에서 기다리고 있었다.

가방을 메고 거울을 들여다보던 나는 문득 유지안이 가방 사진을 찍었다는 게 생각났다. 쓰지도 않을 가방을 왜 찍었을까. 어딘가에 올리려고 찍은 건 아닐까. 그러자 이미지 검색이 떠올랐다. 왜 그 생각을 못 했을까. 이미지와 키워드 조합으로도 검색이 가능했다.

정면을 포함한 여러 각도에서 가방을 찍은 사진과 함께 유지안, 한새고등학교, 마켓 2050을 키워드로 조합해 넣었다. 그리고 엔터키를 누르자 단 하나의 검색 결과가 나타났다. 섬네일은 그 가방 사진이 틀림없었다. 찾았다. 유지안을 찾았다.

섬네일을 클릭하려다 보니 그 아래에 짧은 설명 한 줄이 보였다.

누락된 검색어: 마켓 2050

그랬다. 애초에 마켓 2050과 연관 짓지 말고 검색했어야 했다. 일이 이렇게 커질 줄 모르고 그저 가방 하나를 내놓는 것으로 첫발을 뗀 유지안이었다는 사실을 까맣게 잊은 것이다. 쿵쿵거리는 가슴을 누르며 섬네일을 클릭했다. 50년 전 사진 속의 가방은 내 책상 위에 놓인 가방이 틀림없었다. 오랜 시간 동안 눌려 있던 통에 납작해진 점만 빼면 내 눈앞의 가방은 50년 전 사진 속의 바로 그 가방이었다. 누군가에게 건네듯 그 가방을 카메라를 향해 내밀고 있는 여자아이의 얼굴이 가방 뒤에 멀고 작게 찍혀 있었다. 초점을 벗어나 흐릿했지만 누가 봐도 환하게 웃는 얼굴이었다. 편지를 읽는 내내 머릿속에 떠오르던 얼굴도 이렇게 웃고 있었다는 생각이 이제야 들었다.

게시물일 줄 알았던 그것은 다시 보니 계정 소개 같은 것이었다. 검색에 걸린 그대로 한새고등학교 유지안이라는 설명이 전부였다. 게시물 수는 573개라고 표시되어 있었지만 확인할 길이 없었다. 첫 번째 SNS에서와 같은 이유로 회원 가입도 불가능했다. 저 게시물들을 열어 볼 수만 있다면 마켓 2050의 사업화 과정까지는 아니어도 유지안과 친구들의 작은 생각 하나가 지역 사회와 어떻게 연결되어 나갔는지는 확인할 수 있을 것 같았다. 언젠가 시간을 충분히 들인다면 다른 방법을 찾아낼 수 있을지도 모른다.

하지만 지금은 봉인된 과거의 아주 작은 틈 하나를 엿

본 것만으로도 충분했다. 내 안에 쌓인 많은 오해가, 미움이, 거짓말처럼 녹아내렸으므로. 나는 유지안이 활짝 웃으며 건넨 선물을 기꺼이 받아 마땅했다.

띠링.

좀처럼 먼저 연락하는 법이 없는 고모에게서 메시지가 왔다.

– 모기 유충 첫 부화.

한 문장도 채 이루지 못하는 네 개의 단어를 읽는 순간 내 눈을 의심했다. 내가 맞게 이해한 것인지 확인하느라 읽고 또 읽었다. 하나하나 천천히. 한눈에 빠르게. 곧이어 동영상이 날아들었다. 알껍데기를 깨고 나온 까만 머리의 작고 투명한 애벌레가 물속에서 꼬물꼬물 첫 헤엄을 치기 시작했다. 마치 태초의 첫 생명체의 움직임인 것만 같아서 나도 모르게 숨을 죽이고 지켜보았다.

옷장을 열고 밑이 터진 엄마의 가방을 꺼냈다. 그만 놓아주라던 고모의 말처럼, 그만 혹사하라던 루이의 말처럼, 제 몫의 몇 배를 다한 이 가방을 이제는 쉬게 해도 될 것 같았다. 급할 건 없으니 수선은 천천히 하면 되겠다고 생각하던 나는 이내 마음을 고쳐먹었다. 낡고 뒤틀리고 터진 모습 그대로, 이 가방이 가방으로서 존재한 마지막 모습 그대로 남기기로 했다.

안주머니, 옆주머니에 넣어 두었던 자질구레한 것들과 책상 서랍에 넣어 두었던 보조 배터리, 심장 충격기 따위까지 모두 새 가방에 담던 나는 이내 손을 멈췄다. 유지안의 당부처럼 이 가방을 오래오래 쓰려면 이렇게 욱여넣고 다닐 일이 아니었다. 가방에 담았던 것을 책상 위에 우르르 쏟은 다음 최소한의 것만 골라 담았다. 한시도 손에서 놓을 수 없는 립밤과 핸드크림. 그리고 아마도 루이가 맞닥뜨릴지도 모르는 만일의 사태에 대비한 휴지.

– 자?

루이에게 메시지를 보냈다.

– 그래, 잔다. 아무 날도 아니어서 아무것도 안 하고

폰을 들여다보고 있기라도 했던 것처럼 루이에게서 곧바로 답장이 왔다.

- 제야의 종소리 같이 듣자. 어디든 가다 보면 들리겠지. 집 앞에 가서 전화할게.

옷을 챙겨 입고 가방을 메자 어색한 기운이 몸을 감쌌다. 가방이 너무도 가벼웠다. 그동안 얼마나 무거운 가방을 들고 다녔는지를 그제야 실감했다. 서둘러 방을 나서다가 거울 앞에 멈춰 섰다. 거울 속의 내가 새 가방처럼 가뿐해 보였다.

"고마워, 유지안."

자정 30분 전이었다. 냅다 페달을 밟고 가서 루이를 만나면 어디에서라도 함께 제야의 종소리를 들을 수 있을 터였다. 자전거에 올라타자마자 전속력으로 질주했다. 한참 달리다 보니 일기 예보와 달리 꽤 쌀쌀했다. 손이 시렸다.

어디 목적지라도 정해 놓은 것처럼 루이가 자전거에 올라탄 채로 집 앞에서 대기하고 있었다. 그러고는 나에게 멈출 새도 주지 않고 페달을 밟으며 앞장섰다.

"강루이, 우리 어디 가는데?"

"몰라. 어디든 가자며. 퍼레이드 볼 거면 호수 공원 쪽으로 가든가. 근데 너 그 가방 왜 메고 나왔냐. 평생 안 멜 거 같더니."

"아무 날에 메라며."

"오, 나도 아무 날이라서 이거 입었는데."

그리고 보니 앞서가던 루이가 마켓 2050에서 산 스웨터를 입고 있었다.

"너 춥겠다."

"그러게. 날씨가 왜 이러지? 기온이 영하로 내려간 거 처음 봤어."

"지금 영하래?"

"어!"

"더 세게 달려. 열나게."

그때였다. 멀리서 제야의 종소리가 들려오기 시작했다. 얼른 달려가면 서른세 번 타종이 끝나기 전에 호수 공원에 도착할 수 있을 것 같았다. 힘껏 페달을 밟으며 달리는데 뭔가 차가운 것이 코끝에 닿았다. 찬바람치고는 이상하다 싶은 순간, 오른쪽 뺨 한 곳에도 차가운 기운이 톡 닿았다.

"너 왜 이거 사라고 했어. 바람이 숭숭 들어오잖아!"

"강루이, 침 튀기지 마."

"무슨 소리야. 그쪽으로 어떻게 침이 튀어."

자전거를 끼익 세운 루이가 뒤를 돌아보며 말했다. 바로 그 순간, 루이와 나 사이에 희고 조그만 무엇이 천천히 떨어졌다. 루이와 나는 봄이면 하얀 솜털처럼 흩날리는 버드나무 씨앗 같은 그것이 천천히 땅에 닿았다가 천천히 사라지는 모습을 지켜보았다. 그리고 누가 먼저랄 것 없이 하늘을 올려다보았다. 방금 전의 그것과 비슷하고도 다르게 생긴 희고 작은 것들이 여기저기에서 천천히 내려오고 있었다. 곧이어 거리를 지나던 사람들이, 거리로 나온 사람들이, 뿌연 밤하늘을 올려다보며 22세기의 첫눈이자 생애 첫눈을 맞았다. 모두 손바닥을 하늘로 향한 채, 환호하는 거센 입김에 눈송이들이 녹을까 봐, 종료 버튼을 누른 것처럼 이 장면이 눈앞에서 꺼질까 봐 가만가만 속삭이면서.

다시 하늘을 올려다보았다. 까마득히 높은 구름에서 아주 천천히 내려왔을 테니 어쩌면 이 눈송이들은 21세기에 출발한 것일지도 몰랐다.

이 이야기는 2049년에 유지안이 쓴 편지가 2100년의 솔이와 루이에게 가닿는 이야기입니다. 그와 동시에 지금 막 우리에게 도착한 조금 긴 편지이기도 합니다. 우리는 (아직) 시간 여행을 할 수는 없지만 미래에서 보내는 편지는 받을 수있습니다. 이 편지를 우리에게 보낸 이는 2049년의 유지안일수도, 2100년의 솔과 루이일 수도 있습니다. 어쩌면 바로 내일의 우리일 수도 있고요.

이 이야기는 엄마를 잃고 과거를 싸잡아 미워하던 솔이가 그 미움을 조금은 내려놓는 이야기이기도 합니다. 2049년의 유지안과 친구들의 작은 발걸음이 솔이를 웃게 한 것처럼, 어깨를 무겁게 짓누르던 생존 가방을 내려놓게 한 것처럼, 그리고 마침내 고개를 들어 눈송이를 올려다보게 한 것처럼 오늘 우리의 편지도 2049년의 유지안에게 가닿으면 좋겠습니다. 영아 살해 바이러스 같은 것은 염려하지 않아도 된다고,

아기들이 태어나자마자 죽는 일은 없게 하겠다고, 그해 겨울에도 반드시 눈이 내릴 거라고, 그러니 머잖아 뿔뿔이 흩어질 한새고등학교 친구들과의 첫 겨울이자 마지막 겨울을 마음껏 즐기라고.

멸종
위기
인간

남유하

남유하　　아직 일어나지 않은 일, 어쩌면 일어날 수
도 있는 일에 대해 상상하기를 좋아한다.
『미래의 여자』로 과학 소재 장르문학 단편소설 공모 우수상
을, 「푸른 머리카락」으로 한낙원과학소설상을 받았다.
지은 책으로 소설집 『다이웰 주식회사』 『양꼬치의 기쁨』,
동화집 『나무가 된 아이』 등이 있다.

파란색 패딩을 입은 소녀가 열차에 올라탔다. 우쿨렐레가 들어 있는 가방을 메고, 자기 몸집만 한 여행 가방을 끌고. 소녀는 다시 한번 티켓을 확인했다. A5, 창가 자리였다. 옆자리는 비어 있었다. 커다란 가방을 입구에 있는 보관대에 밀어 넣고, 자리로 가서 앉았다.

객실 안은 조용했다. 통로 건너편 자리에는 다섯 살쯤 된 아이와 엄마가 앉아 있었다. 아이는 볼에 바람을 잔뜩 넣은 채 양털 부츠 신은 발을 앞뒤로 흔들어 댔고, 엄마는 아이의 발을 가만히 바라보고 있었다. 아직은 소녀의 옆자리 말고도 군데군데 빈자리가 보였다. 이 열차에 타는 승객들은 저마다 타는 역이 달라도 목적지는 같다. M섬.

내일, 2101년 1월 1일부터 구인류 보호법이 시행된다. 2100년 12월 31일, 오늘은 도시에 남아 있는 구인류가 M섬으로 이주하는 마지막 날이다.

한 달 전, 소녀는 보건국 직원의 방문을 받았다. 직원은 하얀 제복을 입고, 하얀 구두를 신고 있었다. 한 치의 오차도 없는 좌우 대칭의 얼굴은 아름답다기보다 섬뜩했다.

"정말 신인류가 될 생각이 없습니까?"

"없어요."

소녀는 고개를 저으며 보건국 직원의 잘 손질된 손톱을 내려다봤다. 손톱에는 제복처럼 하얀 매니큐어가 칠해져 있었다. 자라지 않는 손톱은 정기적으로 교체한다고 들었다.

"M섬으로 이주하고 나면 보호 대상으로 지정될 거예요. 일단 등록되고 나면 신인류가 될 수 없어요."

직원은 교묘하게 주어를 생략하고 말했다. M섬으로 이주하면 멸종위기인간으로 등록되어 일련번호를 받게 된다. 평생 M섬 바깥으로 나가지 못한다. 전체 면적이 20제곱킬로미터도 되지 않는 섬에서만 사는 게 얼마나 답답할지 상상하기란 어려운 일이 아니다. 그런데도 소녀는 신인류가 될 수 없었다. 신인류가 되면 엄마 아빠에게서 받은 몸을 잃게 된다. 엄마와 닮은 눈을, 아빠와 닮은 입술을, 소녀는 절대 포기하고 싶지 않았다.

21세기 인류는 몇 차례에 걸쳐 팬데믹을 겪었다. 많은 사람이 죽었고, 백신 연구에 쓰이던 투구게가 멸종했다. 21세기 중반에 들어서며 뇌의 정보를 컴퓨터에 이식하는 마인드 업로딩 기술이 비약적으로 발달했다.

처음에는 거부감을 느끼는 사람도 적지 않았다. 육체와 의식(또는 영혼이라 불리는 무엇)을 분리해서 생각한 적이 없는 사람들에게 마인드 업로딩은 '진짜 나'가 사라지는 것이 아닌가, 하는 불안감을 주었다. 죽지 않게 되는 삶 속에서 존재의 소중함을 느낄 수 있겠는가, 하는 철학적인 질문도 던져졌다.

그러나 영생을 향한 열망은 다른 위험 요소를 기꺼이 감수할 만큼 매혹적이었다. 시작은 죽음을 앞둔 부자들이었다. 그들은 죽기 전, 안드로이드 바디에 의식을 옮겼다. 겉으로는 인간과 구분할 수 없지만, 정교하고 결함 없는 기계 몸을 얻게 된 것이다. 시간이 지나자 건강한 사람들도 마인드 업로딩을 선택했고, 그 수는 기하급수적으로 늘어났다. 인류는 죽음은 물론 질병과 고통에서 해방되었다.

1세대가 지난 2080년대 중반, 인류의 99.9퍼센트가 신인류가 되었다. 그리고 그 비율은 한 번도 줄어들지 않았다. 0.1퍼센트의 구인류─뼈와 근육, 피와 세포로 이뤄진 인간들─는 멸종 위기에 놓였다. 질병에 노출된 환경 때문이었다. 병원 수가 급감했고, 신종 바이러스 연구도 제대로 이뤄지지 않았다. 하다못해 반창고를 사려 해도 약국을 찾기가 쉽지 않았다. 신인류에게 필요한 건 알약과 주사가 아니라 정기적인 기능 검사와 불순물 제거뿐이었으니까.

열차가 멈추고 사람들이 탔다. 당연하게도, 내리는 사람은 없었다. 초록색으로 머리를 물들인 소년이 소녀의 옆자리에서 멈췄다. 어깨에 메고 있던 가방을 선반 위로 툭 던지더니 의자에 털썩 앉았다. 소녀는 소년의 청바지에 난 구멍과 구멍 사이로 툭 불거져 나온 무릎을 바라봤다. 귀에는 이어폰을 꽂고 있었다. 적어도 말을 걸지는 않겠구나. 소녀는 약간 안도하며 창가에 시선을 고정했다.

그런데 까딱거리는 발이 시야에 걸렸다. 아예 창 쪽으로 몸을 틀어 앉았지만 뭐가 움직인다는 느낌은 사라지지 않았다. 열차가 출발하면 그만두겠지. 소녀는 천천히 심호흡하며 기다렸다. 그러나 열차가 출발하고도 소년의 발은 멈출 줄 몰랐다. 앞으로 네 시간 반 동안 나란히 앉아 가야 한다. 지금 말해 두지 않으면 두고두고 신경 쓰일 것이다.

"저기요."

소년은 아무런 반응이 없었다. 음악 소리 때문에 소녀의 말이 들리지 않나 보다. 소녀는 잠깐 망설이다가, 소년의 얼굴 앞에 손을 쑥 내밀었다.

"아, 깜짝이야. 무슨 일인데?"

소년이 눈을 둥그렇게 뜨고 이어폰을 뺐다. 아는 사이도 아니면서 무턱대고 반말이다.

"다리……."

움직이지 말아 달라고 말하려는데, 다리의 흔들림은 벌써 멈춰 있었다.

"다리? 내 다리가 왜?"

"자꾸 움직여서."

"안 움직였는데?"

"좀 전까지 까딱까딱."

소녀가 손으로 발장단을 맞추는 흉내를 냈다.

"아!"

소년이 자기 발을 내려다봤다. 운동화도 머리카락과 같은 녹색이었다.

"음악이 신나서 나도 모르게, 미안."

소년은 순순히 사과했다. 안심하고 고개를 돌리려는데 소년이 말했다.

"두 가지 해결책이 있어."

"뭐?"

"하나는 음악을 같이 듣는 거."

소녀는 단호히 고개를 저었다. 소년의 음악 취향이 어떤지도 모르는데 안 될 말이다.

"다른 하나는?"

"음악을 같이 듣는 거."

"두 가지라며?"

"그래, 두 가지."

소년은 이어폰 한 개를 올려놓은 손바닥을 내밀며 히죽 웃었다. 모자란 건지 능청스러운 건지 모르겠다. 소녀는 어이없다는 얼굴로 소년을 바라봤다.

"별로야?"

"응."

"괜찮아. 방금 더 좋은 방법이 생각났거든. 들어 봐."

"듣기 싫다면?"

"그래도 말할래."

소녀가 헛웃음을 웃었다. 그러거나 말거나 소년은 기대에 찬 눈빛으로 소녀를 바라봤다. 소녀는 어서 말해 버리라는 듯 어깨를 으쓱했다.

"목적지에 도착할 때까지 너랑 얘기하는 거."

소년은 이어폰을 감추듯 펼쳤던 손바닥을 오므리며 말했다.

"무슨 얘기? 난 모르는 사람하고 얘기 안 해."

"난 타우야."

"말 안 한다니까."

"이름 말했으니까 모르는 사람 아니잖아."

"내 이름은 말 안 했는데?"

"네 이름은 알고 있어. 피―오."

소년이 소녀의 이름을 길게 늘여 발음했다.

"어떻게 알았어?"

소년은 우쿨렐레 가방을 가리켰다. 가방에 달린 주머니 위에 소녀의 이름이 박음질되어 있었다. 손재주 없는 엄마가 삐뚤빼뚤하게 수놓아 준 세 글자. PIO.

"반가워. 같은 M섬 주민이니까 친하게 지내자."

소년이 불쑥 손을 내밀었다.

"악수하자고?"

"그럼? 여기서 춤이라도 추자고 할까 봐?"

저절로 코웃음이 나왔다. 소녀는 눈을 가늘게 뜨고 소년의 손을 감상하듯 바라봤다. 신기하게도 손금이 비슷하게 생겼다.

"내 오른손 언제까지 기다리게 할 거야?"

다짜고짜 들이대는 소년이 밉지 않았다. 소녀는 소년의 손을 잡았다. 따뜻했다. 엄마 아빠가 돌아가시고 나서 사람의 손을 잡은 건 처음이다. 코끝을 손가락으로 세게 튕긴 것처럼 매웠다. 소녀는 얼른 손을 놓고 목구멍까지 올라온 눈물을 꼴깍 삼켰다.

"나도 혼자야."

소년이 부드러운 목소리로 말했다. 굳이 소녀에게 혼자냐고 물을 필요는 없었다. 열차 안에 탄 가족들은 모두 나란히 앉아 있었으니까. 소녀가 고개를 끄덕였다.

"그럼 너도 J 구역으로 가는 거지?"

"응."

J 구역. 소녀처럼 혼자인 미성년자들이 사는 곳이다. M섬은 크게 4개 구역으로 나뉜다. 가족들이 사는 F 구역, 노인들이 사는 S 구역, 미혼인 성인들이 사는 A 구역. 이렇게 나누는 이유는 구인류의 멸종을 막기 위해서다. 비슷한 연

령대의 남녀가 같은 구역에 살면 동선이 겹치고, 자연스레 교류 시간이 늘어나고, 그들이 가정을 이루면 아이가 태어날 테니까. 멸종 방지책이라니, 소녀는 오래전 멸종한 레서판다가 된 기분이었다.

신인류화를 거부하고 나서 이주 담당 센터 직원이 찾아왔다. 하늘색 제복에 하늘색 매니큐어를 바르고 있었다. 신인류 사이에서는 제복과 같은 색 매니큐어를 칠하는 게 유행인가 보다.

"자, 넌 여기에서 살게 될 거야."

직원이 소녀의 눈앞에 홀로그램 조감도를 펼쳐 보였다. 소녀는 길쭉한 직사각형 모양의 집을 뚫어져라 쳐다봤다. 거실 겸 방, 주방, 욕실이 있는 작은 공간이었다. 작다는 게 불만은 아니었다. 다만 그곳에는 추억이 없다는 게 쓸쓸하게 느껴졌다.

소녀의 부모는 의사였다. 아파도 병원에 가기 힘든 구인류들을 찾아가 진료해 주었다. 6개월 전 사고가 나기 전까지. 소녀는 그날 일어난 일을 하나도 빠짐없이 기억한다. 장맛비가 쏟아지던 밤이었다. 산모의 남편에게서 급한 연락을 받고 청진기와 수술 도구를 다급히 챙기던 엄마, 잠에서 덜 깬 채로 빠진 게 없나 확인하던 아빠. 우산도 없이 자동차로 뛰어가던 두 사람의 뒷모습…….

새벽이 되어 아기가 무사히 나오고 나서야 소녀의 부모는 집으로 향했다. 어찌나 지쳤는지 자율 주행차가 오작동을 일으켜 건물을 들이받을 때도 깊이 잠들어 있었다. 아빠는 그 자리에서 사망했고 엄마는 가장 가까운, 그러나 사고 현장에서 한 시간 반 거리에 있는 병원으로 옮겨졌다. 의식 불명 상태에 있던 엄마가 잠시 깨어났을 때, 보건국 직원들이 와서 신인류가 되기를 권했다. 소녀도 그때만큼은 엄마가 신인류가 되기를 바랐다.

"싫습니다."

엄마는 갈라진 목소리로 말했다. 옆에 서 있던 소녀는 저도 모르게 주먹을 꽉 쥐었다. 엄마가 자신에게서 떠나는 쪽을 선택한다는 게 믿기지 않았다. 소녀는 한동안 엄마를 원망했다. 지금도 한구석에는 원망하는 마음이 남아 있다. 하지만 엄마가 그런 선택을 한 이유는 이해한다. 엄마가 신인류가 되었다면 소녀도 결국 신인류가 되었을 것이다. 그건 엄마 아빠의 신념에 어긋나는 일이다.

"……있다고."

소년의 목소리에 소녀는 현실로 돌아왔다.

"응?"

"너랑 나, 옆집에 살 수도 있다고."

"응."

짧막한 대답에 소년이 입을 다물었다. 소녀는 지나치게 무심했다고 생각하면서도 굳이 말을 걸지는 않았다. 15년 동안 낯선 사람과 스스럼없이 이야기한 적은 없었다. 전염병이 두려워서 구인류는 대인 관계에 소극적이었다.

소녀는 창밖을 바라봤다. 객실에서는 가끔 소곤거리며 대화를 나누는 소리만 들렸다. 두 사람의 자리는 너무나 조용해서 침 삼키는 소리가 크게 울릴 정도였다. 어설프게 얘기를 나누다 말아서 그런지 침묵하고 있어도 불편했다. 이럴 바에는 말을 걸어 볼까. 아니야. 조금 지나면 괜찮겠지. 잠이나 자야겠다. 패딩에 달린 후드를 뒤집어쓰고 등을 의자에 바짝 기댔다. 창밖을 보다 보면 잠이 오겠지.

다시 못 볼 도시를 멍하니 바라보는데 갑자기 시야가 새카매졌다. 터널에 들어간 것이다. 유리창에 소녀의 얼굴이 비쳤다. 그리고 소녀를 바라보는 소년의 얼굴도. 소년은 나쁜 짓을 하다 들킨 듯 얼른 고개를 돌리고 딴청을 부렸다. 소녀는 저절로 올라가는 입꼬리에 힘을 주었다.

킥, 소년의 웃음소리가 들렸다. 소녀도 덩달아 웃음을

터뜨렸다. 양털 부츠를 신은 아이가 호기심 어린 눈으로 두 사람을 바라봤다. 소년이 아이에게 손을 흔들었다. 아이도 수줍게 웃으며 손을 흔들었다. 소녀는 동그란 초록색 뒤통수를 바라보며 말했다.

"난 말주변이 별로 없어."

"응?"

소년이 눈을 크게 뜨고 소녀를 바라봤다. 얼굴이 너무 가까이 있다.

"네가 날 재미없는 애라고 생각할까 봐."

"그럴 리가 있나."

"어떻게 확신해?"

"넌 생긴 것만 봐도 재미있으니까."

"뭐라고? 네 머리 색깔이 더 웃기거든. 미역 같아."

"미역이라고? 그것 봐. 넌 정말 재미있는 애야."

소년이 낄낄거렸다.

"생긴 게?"

소녀는 아랫입술을 뾰족 내밀었다.

"뭐, 그렇기도 하지만."

"너어!"

"아니, 농담이야. 넌 그냥 사람들과 이야기하는 게 익숙

하지 않을 뿐이잖아."

소년의 말이 맞다. 소녀는 줄곧 엄마 아빠하고만 소통해 왔다. 친구를 사귀어 본 적도 없었다.

"말주변이 없는 사람은 두 가지래. 생각이 너무 많거나, 생각이 아예 없거나."

아무래도 소년은 '두 가지'로 나누는 걸 좋아하나 보다. 그 두 가지가 말이 되고 안 되고는 상관없는 듯하지만.

"두 가지는 전혀 공통점이 없는데?"

"물론 공통점은 없지. 내 말 들어 봐. 생각이 없는 사람은, 당연히 할 말이 없겠지. 신인류로 치면 마인드 업로딩에 에러가 난 사람이지."

아주 드물게, 마인드 업로딩 과정에서 오류가 발생하는 경우가 있다. 마인드 업로딩에 실패한 사람의 의식은 허공으로 흩어진다. 의식을 잃은 육체는 아무런 쓸모가 없다. 신인류가 사망하는 유일한 이유다. 육체를 잃어버린 의식은 유령이 되어 우리 주변을 배회하고 있는 게 아닐까?

"생각이 너무 많은 사람은 — 아마도 네가 이쪽인 것 같은데 — 생각이 많고, 생각하는 속도도 빨라. 무슨 말을 해야 할지 판단하기도 전에 다른 생각으로 넘어가 버리지. 그러다 보니 엉뚱한 말이 툭 튀어나오기도 하고, 결론만 말하는 때도 있고."

"내가 생각이 많은지 어떻게 알았어?"

"그거야 어렵지 않지. 나랑 얘기하면서도 금세 생각에 잠기는 게 보이거든."

"그래? 예리하네."

"예전에 너 같은 친구가 있었어."

소년은 친구라는 단어를 입 안에서 굴리듯 말했다. 멸종 위기라는 건, 가까운 사람을 잃었다는 뜻이다. 소녀가 부모를 잃었듯, 소년도 소중한 누군가를 잃었을 것이다. M섬은 안전하다. M섬은 청결하다. 소녀는 캐치프레이즈를 떠올렸다. 그런데 왜 M섬으로 가는 게 행복하지 않을까.

"저거 우쿨렐레지?"

소년이 창가에 기대 놓은 우쿨렐레 가방을 보며 물었다.

"응. 너도 칠 줄 알아?"

"그럴걸?"

"그럴걸, 은 뭐야?"

"우쿨렐레는 쳐 본 적 없지만 기타는 칠 수 있으니까."

"기타 치는구나."

"응. 우리 할아버지가 가르쳐 줬어. 넌?"

"난 아빠한테 배웠어."

소녀가 열두 살 되던 해 여름이었다. 엄마 아빠와 함께 바다로 여행을 갔다. 저녁이 되면 아빠는 바닷가에 모닥불을 피우고 우쿨렐레를 연주했다. 엄마는 나지막이 노래했다. 가끔 틀리는 아빠의 연주도, 음정이 맞지 않는 엄마의 노래도, 소녀에게는 더없이 완벽하게 느껴졌다. 그해 여름밤의 풍경은 소녀의 마음속에 가장 소중한 추억으로 남아 있다.

"앞으로 해마다 바다에 오면 좋겠다."

소녀는 비밀 얘기를 하듯 엄마의 귓가에 속삭였다. 엄마는 꼭 그러자며 소녀를 안아 줬다. 하지만 이듬해부터는 휴가를 즐길 여유가 없었다. 소녀의 부모는 환자들을 돌보느라 집에서 쉴 시간조차 부족했다. 엄마 아빠가 유난히 늦는 날이면 소녀는 혼자 우쿨렐레를 치며 노래를 불렀다.

"또, 또, 딴생각한다."

소년이 소녀의 코를 손가락으로 톡 건드리는 시늉을 했다.

"아, 응."

"혼자 생각할 시간 줄까?"

"아니, 아니야. 그럼 넌 할아버지랑 살았어?"

"응. 부모님은 신인류가 됐거든."

여태껏 싱글거리던 소년의 얼굴이 어두워졌다. 소녀는

가만히 고개를 끄덕였다. 소년이 왜 부모님과 같은 선택을 하지 않았는지 묻지 않아도 알 수 있었다. 분명 소년은 기타를 가르쳐 준 할아버지와 같은 길을 걷고 싶었을 것이다.

"할아버지는 어떤 분이셨어?"

"테라포밍이 적합한 행성을 찾는 연구자였어."

21세기 초반, 인류는 인구 문제와 환경 문제를 해결하려고 테라포밍(지구가 아닌 다른 행성이나 위성, 천체를 인간이 살아갈 수 있도록 지구 환경과 비슷하게 바꾸는 일)할 수 있는 행성을 찾았다. 화성이나, 목성의 위성인 유로파가 유력한 후보지였다. 21세기 중반에도 화성의 테라포밍은 진행 중이었다. 그러나 대다수 사람이 신인류가 되고 나서 테라포밍 프로젝트는 중단됐다.

"너희 할아버지는 우주에 나가 본 적이 있겠네."

"당연하지."

소년의 목소리에서 자랑스러움이 묻어났다.

"나도 우주에 가 보고 싶었는데."

소녀가 혼잣말하듯 작게 말했다. 열여덟 살 생일에는 아무리 바빠도 셋이 함께 우주여행을 하기로 약속했었다.

"정말? 잘됐다."

소년이 기쁜 목소리로 말했다.

"응? 뭐가?"

"아, 나도 우주여행 가 보고 싶었거든."

소년이 당황하며 얼버무렸다.

뭐가 잘됐다는 거지? 소녀는 고개를 갸웃했다. 우주여행이라니, 이제는 꿈에서나 갈 수 있을 것이다. 우주여행은커녕 섬 밖으로도 나오지 못할 텐데. 소녀는 섬에서 할머니가 된 자신을 상상하며 한숨을 쉬었다.

"수영은 할 수 있으려나."

"수영은 할 수 있겠지. 바닷가에서 부표가 떠 있는 곳까지는."

"부표 밖으로 몰래 나갈 수 있다면? 헤엄쳐서 육지까지 갈 수 있을까?"

"음, 내가 널 등에 태우고 간다면."

소년이 몸을 틀어 자기 등을 내밀더니 턱턱 소리가 나게 두들겼다. 소녀는 조그맣게 웃으며 소년의 등을 바라봤다. 아빠처럼 넓지는 않지만 꽤 다부진 등이었다.

소년과 스스럼없이 이야기하게 되었을 무렵, 열차가 다음 역에 정차했다. 초조한 표정의 사람들이 플랫폼에 서 있었다. 엄마 아빠, 아이 둘로 구성된 가족이 얼른 열차에 올라탔다.

소녀는 아직 플랫폼에 남아 있는 가족을 물끄러미 바라봤다. 아빠로 보이는 남자는 마스크를 쓰고 있었다. 마스크 밖으로 노출된 얼굴빛이 좋지 않다. 남자 옆에는 흰 제복을 입은 보건국 직원 두 명이 대기하고 있었다. 환자는 M섬으로 가지 못한다. 전염성이 있는 병이라면 더더욱.

딸아이가 아빠를 끌어안으려 하자 옆에 있던 직원이 막아섰다. 엄마와 딸이 울면서 올라탔다. 둘은 객실로 들어오지 못하고 문 앞에 서서 마냥 손을 흔들었다. 플랫폼에 있는 남자도 손을 흔들었다. 치이익, 소리가 나며 문이 닫혔다. 열차가 출발하고, 남자 곁으로 보건국 직원들이 바짝 다가섰다. 남자는 반강제적으로 신인류가 되어야 할 것이다.

"우린 결국 도도새처럼 될 거야."

소녀 곁에서 창밖을 내다보던 소년이 말했다.

"도도새?"

"도도새 몰라?"

"알아. 하지만 적절한 비유가 아닌 것 같아."

소년이 왜 그렇게 생각해? 라고 묻는 얼굴로 소녀를 바라봤다.

"모리셔스섬에 선원들이 가지 않았다면, 그 사람들이 마구 잡아먹지 않았다면, 도도새는 멸종되지 않았을 테니까."

"침입자는 언제나 있을 수 있지. 눈에 보이지 않는 바이러스 형태일 수도 있고."

"그런 위험 요소들에서 보호하려고 M섬으로 이주하라는 거잖아?"

말하면서도 확신이 없었다. 신인류가 되지 않는다는 이유로 죽을 때까지 섬 안에서만 살아야 한다. 국가에서 지급한 옷을 입고 신발을 신고 음식을 먹어야 한다. 과연 우리는 보호받는 걸까, 통제당하는 걸까.

"신인류의 출산 문제가 해결된다면 더는 구인류를 보호하지 않을지도 몰라."

소년이 웃음기가 가신 얼굴로 말했다.

"출산 문제라니? 신인류도 원한다면 얼마든지 출산할 수 있잖아?"

"그건 진정한 의미의 출산이 아니니까."

소녀도 소년이 무슨 말을 하려는지 잘 알고 있었다.

신인류는 기계 몸을 갖고 산다. 영원히. 자신의 존재가 소멸하지 않는 세상에서 유전자 복제 욕구, 즉 종족 번식 본능은 사라져 갔다. 애당초 유전자는 더 이상 인간 존재를 구성하는 요소가 아니었다. 오직 의식만이 중요했다. 후손을 두는 일에 집착할 필요가 없어진 것이다. 사람들이 죽지 않는데도 인구가 급증하지 않고 유지될 수 있는 이유였다.

물론 자식을 '낳는' 사람도 있었다. 구인류의 방식으로 는 불가능했으므로 자식을 생성한다는 표현이 더 정확하 다. 어떤 이는 자신의 의식을 복제하여 집어넣기도 하고, 어떤 이는 사랑하는 이의 의식과 융합하여 넣기도 했지만, 의식이 업로드된 '아이'는 진정한 의미의 아이가 아니었다. 어떤 이는 매년 생일마다 아이의 외형을 골라 새로운 몸을 선물했지만 그런 건 고급 취미 생활일 뿐이었다.

인류의 집단 지성이 나이 들어 갔다. 아무리 오래 살아 경험이 많아진다고 하더라도 한 인간이 세상을 보는 시각 은 정해진 틀에서 크게 벗어나지 않았다. 복제된 의식을 지닌 신인류의 아이들은 새로운 지성이 될 수 없었다. 정 체된 집단 지성은 신인류가 해결해야 할 우선 과제가 되었 다. 어떻게 하면 구인류의 아이처럼 의식이 형성될까.

인공 지능이 인간의 지능을 뛰어넘은 건 50여 년 전이 지만, 태어나 20여 년에 걸쳐 사고가 형성되고 그 뒤로도 끊임없이 뇌세포의 변화가 이루어지는 구인류의 사고 형 성 메커니즘은 아직 구현할 수 없었다.

"네 말대로 도도새는 적절한 비유가 아닌지도 몰라. 그렇다면 우리는 투구게가 아닐까."

소년이 혼잣말처럼 말했다. 소녀는 고개를 들고 소년의 눈을 똑바로 봤다. 홍차색이 감도는 눈동자가 반짝였다.

"투구게? 백신 실험 때문에 멸종한 투구게 말이야?"

"응."

소녀는 투구게도 딱 들어맞는 비유는 아니라고 생각했지만 지적하지 않기로 했다.

"왜 우리가 투구게라고 생각하는데?"

"아무리 M섬에 간다고 해도 멸종 위기 인간으로 등록되고 나면 신인류가 될 수 없다는 게 이상하지 않아?"

"난 신인류가 될 생각이 없으니까 깊이 생각하진 않았어. 하지만 나도 이상하다고는 생각했어."

"우리는 투구게처럼 실험 대상인지도 몰라."

"어떤 실험?"

"백지상태에서 하나의 자아로 성장하는 구인류의 의식 발달 과정의 비밀을 밝혀내는 실험."

"신인류를 출산하는 데 쓰려고?"

"그런 이유도 있겠지. 하지만 난 그들이 인간의 뇌에서 일어나는 신비로운 일들을 분석하지 못할 거라 생각해. 그들은 두려워하는 거야. 구인류의 예측 불가능성을. 섬에 몰아넣고

통제하면 어느 날 한날한시에 멸종시킬 수도 있겠지."

"그건 너무 음모론 같다."

소녀는 콧잔등을 찌푸리면서도, 어쩌면 그런 일이 일어날지 모른다고 생각했다.

"우리 무서운 생각은 하지 말자."

"왜?"

"우리에겐 다른 선택지가 없으니까."

"만약 다른 선택지가 있다면?"

다른 선택지는 생각해 본 적이 없다. 소녀는 실현 가능성을 고려한 경우의 수를 따져 보기를 좋아했으니까. 그런데 소년의 질문이 마음을 흔들었다. 그야말로 생각일 뿐인데 나는 왜 생각까지 M섬에 가둬 두려 했을까?

"글쎄, M섬에 가지 않을 수 있다면, 역시 자유로운 쪽이 좋겠지?"

"그 말 진심이지?"

"응."

"원하지 않는다면 섬에 갈 필요 없어."

소년이 목소리를 낮추며 말했다.

소녀는 피가 차가워지는 느낌을 받았다. 이건 M섬으로 가기 위한 마지막 테스트 같은 게 아닐까? 신인류가 되기를 거부한 뒤 소녀는 수없이 많은 테스트를 받아야 했다. 어떤 이는 테스트 결과에 따라 신인류가 되기도 했다.

"그게 무슨 말이야? 농담하지 마."

소녀는 짐짓 태연한 척 연기했다.

"농담이 아니야. 나는 이 열차에 일부러 탔어."

"그래? 일부러 탔겠지. 도대체 이건 무슨 테스트야? 너 신인류지?"

날카로운 목소리가 튀어나왔다. 쉿, 소년이 집게손가락을 제 입술에 가져다 댔다.

"아니, 난 너랑 같은 사람 맞아. 명단에는 없지만."

"명단에 없다고? 어떻게 그럴 수가 있어? 아니, 그보다 명단에 없는데 왜 열차에 탄 거야?"

"너를 구하려고."

"됐어. 테스트는 그만해. 난 신인류가 될 생각은 조금도 없고, M섬에 가는 데 이의도 없으니까."

소녀는 미간을 찡그리며 고개를 돌렸다. 소년이 바짝 다가와 소녀의 귓가에 속삭이듯 말했다.

"잘 들어. 우리는 오늘 M섬으로 가는 열차의 승객 명단을 해킹했어. 그리고 이 열차에서는 너를 선택했어."

"우리, 라니?"

소녀가 고개를 돌린 채 물었다.

"섬에 들어가고 싶지 않은 구인류."

"섬에 가지 않는다면 어차피 숨어 살아야 하잖아. 그러다 들키면 강제로 신인류가 될 거야. 그건 M섬에서 평생 사는 것보다 더 싫어."

어느새 소녀는 소년의 이야기를 진지하게 받아들이고 있었다.

"그런 일은 없을 거야. 우리는 숨어 살지 않아."

잠시 말을 멈춘 소년은 주변을 둘러봤다. 사람들은 잠이 들었거나 음악을 듣고 있었다. 그래도 소년은 한껏 소리 죽여 말했다.

"우리는 다른 행성으로 갈 거야."

소녀가 풉, 웃음을 터뜨렸다.

"알았어. 테스트 아니라는 건 믿을게. 이제 이런 장난은 그만둬."

소년은 답답한 듯 앞머리를 쓸어 넘겼다. 그리고 장난기 없는 얼굴로 말했다.

"우리에겐 행성 탐사를 위한 우주선이 있어. 테라포밍 프로젝트가 폐기되고 나서도 우리 할아버지는 연구를 계속했고, 얼마 전 생명체가 살 수 있는 행성을 발견했어. 우리는 그 행성으로 갈 거야."

"할아버지, 살아 계시는구나."

"미안! 거짓말할 생각은 아니었어."

"괜찮아."

배신감보다는 다행이라는 생각이 먼저 들었다. 소녀는 자신을 바라보는 소년의 눈을 피하지 않았다. 홍차색 눈동자는 조금의 흔들림도 없이 소녀의 얼굴을 담아내고 있었다.

"네 말이 정말이라면, 왜 나야?"

"응?"

"이 열차에 탄 사람 중에 왜 나를 골랐느냐고."

"우리도 나름의 기준을 만들었어. 예를 들어 저기 앉은 아이 엄마처럼 가족이 있는 사람은 우리랑 함께 갈 수 없을 테니까."

"내가 혼자라서?"

"그런 이유 때문만은 아니야. 새로운 행성으로 가는 건 험난한 길이 될지도 몰라. 그걸 감당할 수 있는 사람을……."

마지막 정차역을 알리는 안내 방송이 흘러나왔다.

"잠시 후 우리 열차는 미린역에 도착합니다. 우리 열차는 미린역에 3분간 정차한 후 무정차로 M섬까지 운행합니다."

"이제 시간이 없어. 자세한 얘기는 나중에 하자."

소녀는 나중에, 라는 말의 모순을 지적하지 않았다. 소녀가 같이 가지 않는다면 나중은 없다.

'그들'은 소녀에게 기회를 주었다. 소녀가 그 기회를 받아들인다면 그들은 곧 '우리'가 될 것이다. 엄마 아빠와 갈수 없었던 우주로 나가 볼 수도 있다. 그렇지만 낯선 행성에서 사는 건, 단순한 우주여행과는 차원이 다르다. 그래도, 어쩌면, 혹시, 만약······. 소녀의 머릿속에 수많은 가정이 밀려왔다 사라졌다. 열차가 속도를 줄였다. 곧 역에 도착한다는 뜻이다.

"나랑 같이 갈래?"

소년이 물었다. 이제 결정해야 한다. 답은 벌써 나와 있다. 소녀는 무엇보다, 자유를 원했다.

"갈게."

"그럴 줄 알았어."

소년이 소녀의 손을 잡았다. 그리고 여전히 목소리를 낮춘 채 빠르게 말했다.

"지금부터가 어려워. 우리는 다음 역에서 내려야 해. 마지막 정차 역이니까 실패하면 안 돼. 하지만 내가 도와줄수는 없어. 문이 닫히는 순간 뛰어내려야 하는데,"

"그 사이로는 한 사람만 빠져나갈 수 있을 테니까."

"맞아. 할 수 있겠어?"

소년이 걱정스러운 얼굴로 소녀를 바라봤다.

"괜찮아. 달리는 열차에서 뛰어내리는 것도 아니잖아."

"타이밍이 중요해. 문이 막 닫히려 할 때 뛰어야 해."

"알았어."

"플랫폼에 내리면 경보음이 울릴 거야. 그러면 감시 로봇들이 몰려올 거고. 그때부턴 무조건 달려야 해. 역 앞에서 우리가 탈 차가 기다리고 있을 테니까."

"감시 로봇을 따돌릴 수 있을까?"

"로봇들은 걱정 마. 조금 쫓아오다 작동을 멈출 거야."

소년이 컨트롤러를 조종하는 시늉을 했다.

"신인류는? 로봇들을 관리하는 사람이 있지 않아?"

"미린역은 무인역이야. 최대한 성공 확률을 높였으니 너무 걱정하지 않아도 돼."

소년을 믿지 못하는 건 아니다. 그래도 무섭지 않다면 거짓말이다. 달리기에도 자신이 없었다. 그렇지만 소년과 함께라면 해낼 수 있을 것 같았다. 아니, 해내야만 한다.

"응."

"너는 저쪽 문으로 가."

소년이 객실 뒤편을 가리키며 말했다. 행운을 빌어.

소녀는 울렁대는 마음을 가라앉히며 복도를 지났다. 문득 뒤를 돌아봤을 때, 양털 부츠를 신은 아이가 소녀에게 손을 흔들었다. 마음 같아서는 소녀도 손을 흔들고 싶었지만 간신히 미소를 지어 주고 출구 앞에 섰다. 두근두근, 심장이 금방이라도 폭발할 듯 요동쳤다.

속도를 줄이던 열차가 드디어 정지했다. 문이 열리고 네 명의 가족이 올라탔다. 다른 승객은 없었다. 정차하는 3분의 시간이 30분, 아니 3시간처럼 길게 느껴졌다. 문이 닫히려는 순간, 셋에 뛰어내리는 거야. 하나, 둘은 없어. 소녀는 생각하고 또 생각했다. 열차에 탄 사람들이 보관대에 가방을 두고 객실 안으로 들어갔다. 긴장으로 입 안이 바싹 말랐다. 치이익, 소리가 나며 문이 닫히려 했다.

"셋!"

소녀는 문이 닫히기 시작할 때 뛰어내렸다. 반의반 박자가 늦었고, 그 바람에 우쿨렐레가 문틈에 끼었다. 먼저 뛰어내린 소년이 잽싸게 달려와 소녀를 잡아당겼다. 가방이 빠지며 둘은 함께 바닥으로 나동그라졌다. 손바닥이 까졌지만, 아픔을 느낄 겨를이 없었다. 삐이이―경보음이 울렸다. 소년이 소녀의 손을 잡아 일으켰다.

"뛰어!"

두 사람은 손을 잡은 채 뛰었다. 플랫폼에 있던 감시 로봇들이 일제히 두 사람을 쫓아왔다. 은색 감시 로봇은 몸통에 견주어 팔다리가 길었다. 잡히면 어쩌나 하는 생각을 할 틈도 없이 뛰는 데만 집중했다.

"역 밖으로 나가면 쫓아오지 못할 거야."

소년이 숨을 몰아쉬며 말했다.

"멈춘다고, 하지, 않았어?"

소녀는 거의 울먹이고 있었다. 두 사람은 로봇을 따돌리려 선로를 가로질러 갔다. 하지만 로봇의 긴 다리를 당해낼 수는 없었다. 소녀가 달리는 속도는 점점 느려졌고 로봇과의 거리는 좁혀졌다.

"조심해!"

소년이 소녀를 끌어당겼지만 한발 늦었다. 로봇이 긴 팔을 뻗어 소녀의 후드를 잡았다. 소녀가 비명을 질렀고, 다른 로봇은 소년의 머리를 움켜쥐려 했다. 소녀는 눈을 질끈 감았다. 이젠 끝장이야.

"괜찮아, 이제 괜찮아."

숨도 못 쉬고 있던 소녀는 소년의 속삭임에 눈을 떴다. 로봇들의 동작이 일제히 멈춰 있었다. 소녀는 얼떨떨한 기분으로 소년을 바라봤다.

"오래 잡고 있진 못할 거야. 얼른 가자."

둘은 다시 달리기 시작했다. 그런데 소년은 출입구가 아닌 담장 쪽으로 갔다.

"입구로 나갈 수 있다면 좋겠지만 여기가 최선이야."

담장 앞에 선 소년이 말했다. 멀리서 볼 때는 담장이 낮은 줄 알았는데 가까이서 보니 소년의 키보다 머리 하나는 더 높았다. 소년은 고양이처럼 담장 위로 훌쩍 뛰어올랐다.

"자, 내 손 잡아."

소년이 손을 내밀었다. 소녀는 벼랑에서 끌려 올라가듯 간신히 담장을 넘었다. 하마터면 어깨가 빠질 뻔했다.

드디어 역 밖으로 나오자 맞은편 도로에 파란 차가 보였다. 둘은 재빨리 길을 건넜다. 소년과 소녀가 다가가자 뒷좌석 문이 저절로 열렸다. 소년이 먼저 올라타고 소녀도 뒤를 이었다. 자율 주행일 줄 알았는데 운전석에 노란 고글을 쓴 여자가 앉아 있었다. 여자는 손에 들고 있던 컨트롤러를 조수석에 내려놓았다.

"휴, 손가락 아파 죽는 줄 알았네."

"정말 위험했어요. 잡힐 뻔했다니까요."

소년이 웃음기 어린 목소리로 투덜댔다.

"미안! 녀석들 생각보다 끈질기더라. 암튼 무사히 와서 다행이야. 어서 와. 난 Q라고 해.”

"안녕하세요. 저는 피오예요.”

"반가워, 피오. 자세한 소개는 나중에 하고, 출발한다!”

자동차가 낮은 배기음을 내며 달렸다. 소년이 밖을 내다봤다.

"따라붙은 차는 없어, 아직까지는.”

소녀도 창밖을 내다봤다. 별다를 것 없는 도시 풍경이었다. 한 세기를 마무리하는 마지막 날, 구인류가 도시에서 사라지는 날인데 세상은 아무 일 없다는 듯 평화로워 보였다.

"가만, 너 이름이 피오라고 했어?”

여자가 물었다.

"네.”

"재미있네.”

"네?”

"타우(tau)랑 피오(pio)라니. 애너그램(anagram: 단어나 문장을 구성하는 문자의 순서를 바꾸어 다른 단어나 문장을 만드는 놀이)으로 하면 유토피아(utopia)잖아.”

"난 승객 명단을 볼 때부터 운명이라고 생각했어.”

소년이 빙긋 웃으며 말했다.

운명이라니, 너무 호들갑스럽다. 그래도 싫지 않다. 소녀는 미소 지으며 등에 메고 있던 우쿨렐레 가방을 품에 안았다. 손바닥이 가방에 스치는 순간, 입에서 쓰읍, 바람 소리가 새어 나왔다. 열차에서 뛰어내릴 때 생긴 상처가 이제야 쓰라렸다. 너무 아파서 눈물이 찔끔 나올 정도였다.

"다쳤어?"

"응, 조금."

소년이 몸을 늘여 조수석 앞의 글러브박스를 열었다. 그 안에 하얀 구급상자가 들어 있었다. 다시 뒷자리에 앉은 소년이 구급상자를 열고, 반창고와 소독약을 꺼냈다.

"손 줘 봐."

소년이 손바닥을 내밀었다. 큼직한 손이었다. 소녀는 소년의 손 위에 조그만 손을 포갰다.

"조금 따가울 거야."

탈지면에 소독약을 묻힌 소년은 자기가 더 아픈 표정으로 말했다. 손등을 통해 소년의 따뜻한 체온이 전해졌다. 열차에서 뛰어내리길 잘했어. 속눈썹에 눈물 한 방울을 매단 채 소녀가 웃었다.

作가의 말

　2100년 12월 31일, 21세기의 마지막 날에 무슨 일이 일어날까. 「멸종위기인간」은 그에 대한 제 나름의 답입니다.

　세상은 신인류가 지배하고, 0.1퍼센트밖에 남지 않은 구인류, 호모 사피엔스 사피엔스는 M섬에 갇히게 됩니다. 말로는 질병에 취약한 구인류를 보호한다지만—생체 실험이 벌어지든 그렇지 않든—섬에 가둔다는 발상 자체가 너무나도 디스토피아적입니다.

　이처럼 암울한 세계관이지만 소년과 소녀, 타우와 피오를 통해 희망을 보여 주고 싶었습니다. 결정의 순간, 피오는 열차에서 뛰어내리기로 합니다. 신인류가 될 것인가, 구인류로 남을 것인가. 섬에 갈 것인가, 열차에서 뛰어내릴 것인가.

　어느 쪽이 절대적으로 옳다고 생각하지는 않습니다. 다만 저는, 피오와 같은 선택을 하고 싶습니다. 그래서 오늘도 기도합니다. 달리는 열차에서 뛰어내릴 용기가 있기를. 현실에 순응하지 않는 내가 되기를.

마
디
다

이희영

이희영 　단편소설 「사람이 살고 있습니다」로 2013년
　　　　제1회 김승옥문학상 신인상 대상을 수상하
며 본격적인 작품 활동을 시작했다. 2018년 『페인트』로
제12회 창비청소년문학상을, 같은 해에 『너는 누구니』로
제1회 브릿G 로맨스스릴러 공모전 대상을 수상했다. 그
밖에 지은 책으로 장편소설 『보통의 노을』 『썸머썸머 베
케이션』 『나나』 『챌린지 블루』 등이 있다.

"달에 갈 거야. 새로운 백 년이 시작되잖아. 꼭 스페이스문에 탑승하겠어. 내가 진짜 가고 싶은 곳은 화성이야. 그런데 미성년자라 절차가 까다로워. 돈도 많이 들고. 어쩔 수 없지? 화성은 성인이 돼서 가는 수밖에……. 하지만 문트립(Moon trip)만은 절대 포기 못 해. 내년이면 우리도 고등학생이야. 그 기념으로 나에게 근사한 선물을 해 줘야지?"

　일 년 전 겨울이었다. 누리는 이렇게 말하며 주먹을 움켜쥐었다. 그 뒤로 다시 일 년이 흘렀다. 그러나 녀석은 여전히 달에 갈 수 없었다. 굳은 다짐이 무색해지는 순간이 돌아왔다.

"미안해."

엄마는 열여덟 번째 똑같은 말을 했다.

"끝나자마자 바로 올게."

아빠는 열다섯 번을 반복했다. 온은 그때마다 고개를 까딱였다. 부모님이 어서 빨리 나가 주었으면 싶었다.

엄마는 오늘 공연이 있다. 21세기 마지막 날, 화려한 재즈 콘서트를 여는 건 아니다. 하지만 엄마에게 그리고 아빠에게는 무엇보다 소중한 무대다. 그 사실을 온도 모르지 않았다. 그렇기에 더더욱 두 사람의 얼굴을 보기 힘들었다.

"미안해. 잘 놀고 있어."

엄마가 손 키스를 보냈다.

"프리드라이버 조심해요."

온이 대답했다. 아빠 입가에 쓴 웃음이 지나갔다.

"다녀올게."

두 사람이 서둘러 집을 나섰다. 뒤이어 현관문이 닫혔다.

"센서 작동해."

온이 명령했다. 집 안 곳곳에 붉은빛이 깜빡이며 센서가 작동했다.

"들었지? 잘 놀고 있으래. 대체 엄마는 내가 몇 살이라고 생각할까?"

"그야 네가 꼬맹이니까."

누리가 소파에 앉아 두 다리를 까딱거렸다.

"내가 꼬맹이면, 나보다 머리 하나 작은 너는 뭐야?"

온이 입술을 비죽였다.

"나? 너보다 3분 세상에 일찍 나온 누님이시다."

"이름은 내가 먼저야."

"어우, 유치해."

온과 누리는 이란성 쌍둥이였다. 눈만 마주쳐도 툭탁거리는 남매지만, 지금껏 한 번도 떨어져 지낸 적이 없었다.

엄마는 유명 재즈 가수다. 국내는 물론 해외 공연도 많이 다녔다. 아빠는 재즈 피아니스트 겸 엄마 매니저다. 두 사람이 어떻게 만났는지는 굳이 물을 필요가 없었다. 온과 누리가 태어나기 전부터 둘은 늘 한 몸처럼 움직였다.

모든 것이 로봇과 인공 지능으로 대체되었다. 그럼에도 예술만은 여전히 인간의 영역이었다. 인공 지능이 소설을 쓰지 못해서, 노래를 부르고 춤을 출 수 없어서, 구도와 색감을 표현하기 힘들어 예술의 영역을 넘볼 수 없는 건 아니었다. 오히려 그 반대였다. 너무 완벽해 사람들에게 이질감을 느끼게 했다. 한때는 몇몇 휴머노이드 배우들이 인기를 얻은 적이 있었다. 그러나 오래가지 못했다. 연기는 완벽했지만, 그들은 자신만의 연기 철학이 없었다.

"연기 철학? 그게 뭔데? 휴머노이드가 완벽하니까 다들 질투하는 거 아니야?"

언젠가 영화를 보던 온이 말했다. 누리가 쯧쯧 혀를 찼다.

"어디 가서 너 우리 엄마 아들이라고 하지 마라?"

"그런 너는 그게 뭔지 알아?"

온이 물었다. 누리가 크게 고개를 끄덕였다.

"엄마가 말했잖아. 예술은 한 사람이 지나온 삶을 감상하는 거라고. 그림이나 글, 연기나 노래까지. 그 사람의 인생이 엿보여야 사람들에게 감동을 준다 했어. 휴머노이드 배우는 프로그램에 따라 움직이는 꼭두각시일 뿐이잖아. 그들 스스로의 희로애락이 없어."

"잘났다."

온이 누리의 이마에 손가락을 튕겼었다. 잘난 척하는 쌍둥이 누나가 적잖이 얄미웠다.

하지만 더는 아니다. 이제 온도 고등학교 1학년, 열일곱이다. 몇 시간 후면 22세기, 열여덟이 될 것이다. 별것도 아닌 말싸움으로 누리와 툭탁거리기 싫었다. 문득 하늘에 떠 있는 달이 떠올랐다. 달로 가는 스페이스 문 12호는 오늘도 출발했겠지?

"심심해."

누리가 두 볼을 부풀리며 말했다.

"너는 맨날 심심하잖아."

온이 대답했다.

"가위바위보 해서 이긴 사람 소원 들어주기."

누리가 두 눈을 반짝였다.

"됐어. 보나 마나 내가 이겨."

"하는 거다. 안 내면 술래……."

누리가 주먹을 꽉 움켜쥐었다. 기필코 달에 간다던 그 다부진 표정과 함께…….

"됐네요."

온이 벌떡 소파에서 몸을 일으켰다. 누리는 가위부터 내는 버릇이 있었다. 게임에 이기는 건 정말 간단했다. 번번이 온이 이겼지만, 한 번도 소원을 얘기한 적 없었다. 말해 봤자 들어줄 리 없으니까.

온이 주방으로 와 냉장고 앞에 섰다. 문이 투명해지면서 저장된 음식의 신선도가 표시되었다. 음료수와 우유 몇 가지 양념과 소스가 전부였다. 아빠가 간단한 간식을 만들거나, 와인 안주를 준비할 때 필요한 것만 있었다.

"아빠가 바다 사다 놨어? 설마 없는 건 아니지?"

어느 틈에 나타난 누리가 말했다.

"바다 없어. 우리 집에서 바다 먹는 건 너밖에 없잖아."

바다는 누리가 좋아하는 아이스크림이었다. 바닐라 다크 카카오. 쓴 것도 단 것도 아닌 오묘한 맛. 약을 먹은 뒤 쓴맛을 중화하기 위해 먹은 느낌이랄까?

"어릴 적 트라우마를 깨우는 맛이지."

온이 말했다. 누리가 바다 바다를 외치며 아이처럼 방방 뛰었다.

"너는 쌉쌀한 맛 끝에 느껴지는 달콤함을 몰라. 얼마나 황홀한데. 크! 인생의 맛이지."

한때는 온도 그 맛을 느끼려 애썼다. 뭐가 그리 황홀해서 바닐라 다크 카카오라면 자다가도 벌떡 일어날까? 하지만 아무리 먹어도 인생의 맛이 느껴지지 않았다. 한배에서 자라고 태어났지만 온과 누리는 달랐다. 두 사람 모두 똑같은 삶을 살 수 없는 것처럼…….

온이 정수기에서 물을 따라 마셨다. 일 년 새 몸무게가 5킬로그램이나 빠졌다. 작년에 입었던 바지가 헐렁해졌다. 앉았다 일어나면 가끔 눈앞이 핑 돌았다.

176에 55킬로그램입니다. BMI 지수 17.76으로 저체중입니다. 청

소년 저체중의 원인은 단순히 식사량 감소나 잘못된 음식 섭취 때문만은 아닙니다. 음식물 흡수 단계에서 문제를 일으키는 경우가 있습니다. 그 밖에 심리적인 요인, 강박이나 외로움, 성에 관한 고민이나 스트레스도 체중 증가와 감소에 큰 영향을 끼칩니다. 더 자세한 원인을 알고 싶으시면, 담당 병원으로 바로 연결해 드리겠습니다.

매일 아침 바이오 체크를 할 때마다 듣는 소리였다.

"거짓말하지 마. 말이 돼? 나는 여전히 155라고? 이 멍청한 시스템. 다시 잘 봐 봐. 어디 고장 났어? 온 저 자식은 3개월 만에 또 1센티미터가 컸다고. 뭐가 문제 있는 거 아니야? 나랑 저 인간은 쌍둥이잖아. 그런데 왜 맨날 나만 안 자라는데?"

옆방에서 들려오는 괴성으로 하루를 시작한 적도 많았다. 온과 누리를 보면, 아무도 쌍둥이라 믿지 않았다. 이란성이라 외모부터가 달랐다. 입맛과 취향도 정반대였다.

누리는 외향적이었다. 친구들과 어울리기를 좋아했고 에너지가 넘쳤다. 탐험 정신이 높고, 호기심이 많으며, 여행을 좋아했다. 학교 행사나 축제에도 빠짐없이 참여했다. 지구보다는 우주를, 바다보다는 깊은 해저를, 인간의 겉모습보다는 몸속 세포 하나하나에 더 많은 관심을 기울였다. 역사와 과학처럼 실제 있었던 사건과 증명된 사실에 집중했다.

온은 그 반대였다. 조용하고, 남 앞에 나서기를 싫어했다. 혼자 있는 시간을 즐겼다. 소설과 에세이를 좋아하며 신화와 점성술에 흥미를 보였다. 온의 취미는 피아노 연주였다.

같은 학교에 다녀도, 온과 누리가 남매 쌍둥이라는 사실을 아는 사람은 없었다. 그러다 보니 종종 웃지 못할 해프닝도 벌어졌다.

"야, 최서라가 뭐라는 줄 알아? 너랑 나 그렇고 그런 사인 줄 알았대. 와! 그 말 듣는데 점심 먹은 거 넘어와서 죽는 줄 알았어. 세상에, 사람을 어떻게 보고. 아 씨, 아직도 속이 울렁거려."

그건 온도 마찬가지였다. 누리와 어떤 사인데 아침마다 같이 오느냐며 시비를 거는 아이들도 있었다. 하지만 두 사람이 쌍둥이라는 것은 절대 비밀이었다. 누리가 신신당부했으니까. 그 이유가 무엇이었는지는, 온은 시간이 더 흐른 뒤에 알게 되었다.

온이 주방에서 나오는데 벨이 울렸다.

"엄마 왔나 봐."

누리가 소리쳤다.

방문자가 왔습니다. 오늘 방문자 리스트에 기록되어 있는 분입니다.

보안 시스템이 말했다.

"아니야, 그럴 리 없어. 오늘 올 사람 없는데?"

온이 현관으로 가서 방문객을 확인했다. 철문이 투명하게 변하면서 밖에 서 있는 외부인이 한눈에 들어왔다.

"누구세요?"

상대는 처음 보는 남자였다. 깔끔한 정장 차림에 훤칠하고 잘생긴 외모였다. 설마 싶었지만 온이 한 번 더 물었다.

"누구시냐고요?"

투명 문 너머에서 남자가 정중히 고개를 숙였다.

"안녕하세요. 케어봇 서비스에서 나왔습니다. 저는 주니어 담당 마디다라고 합니다. 신청자분 성함은 최다흰 님과한가론 님 맞으시죠? 계약서를 보여 드리겠습니다."

너무 말끔한 외모라 생각했다. 인간이 아닌 로봇이었구나. 자신을 마디다라 소개한 휴머노이드가 허공을 터치하자 홀로그램 계약서가 떠올랐다. 사인은 엄마 것이 확실했다.

"뭐야? 내가 몇 살인데 케어봇을 불러."

온이 손목에 찬 와이즈 밴드를 켰다.

"엄마 연결."

죄송합니다. 지금은 연락을 받을 수 없습니다.

온이 짜증 섞인 표정으로 쳇, 소리를 내뱉었다. 벌써 공연이 시작됐을까? 그렇다면 아빠도 연락되지 않겠지.

"고객님, 문 좀 열어 주실 수 있을까요? 계약서 이외에 더 확인이 필요하시면, 한가론 님의 계약 당시 모습을 직접 녹화한 파일이……."

"오픈."

문이 열렸다. 마디다가 한 번 더 고개를 숙였다.

"감사합니다."

케어봇의 종류는 다양했다. 의뢰자의 연령과 상황에 따른 선택이 가능했다. 대표적으로 베이비, 킨더, 주니어, 시니어로 나뉘었다. 어릴 때 쌍둥이 남매도 케어봇을 자주 만났었다. 바쁜 부모님을 대신해 함께 놀아 주고 간식을 챙겨 주는 휴머노이드가 필요했으니까.

"엄마야?"

누리가 물었다.

"아니잖아."

온이 대답했다.

"아빠야?"

누리가 다시 물었다. 그사이 거실로 올라선 케어봇이 집을 한 바퀴 둘러보았다. 그의 까만 눈동자가 주방에 서 있는 누리에게로 향했다.

"보다시피 나는 혼자가 아니라서."

온이 말했다. 마디다가 싱긋이 웃었다.

"사전 정보를 통해 가족 관계는 알고 있습니다."

엄마나 아빠가 벌써 말해 놨다는 뜻이었다.

"제가 이곳에서 케어 서비스를 해 드려도 될까요?"

마디다가 물었다.

온이 누리를 쳐다보고는 고개를 끄덕였다. 다시 돌려보내려면 까다로운 취소 절차가 필요했다. 신청자는 엄마와 아빠였다. 두 사람과는 지금 당장 연락하기 힘들었다.

"알았어."

온이 말했다.

"2100년 12월 31일 오후 8시 케어봇 서비스 시작하겠습니다. 그러기 전에 몇 가지 확인 사항을 말씀드려도 될까요?"

마디다가 물었다. 온이 고개를 끄덕였다.

"의뢰인 최다흰 님과 한가론 님의 호칭을 부모님으로 해도 될까요?"

"응."

"케어 서비스를 받으실 분의 호칭은 한온 님이라고……."

"그냥 온이라고 입력해."

"알겠습니다."

"그리고 쟤는 누리라고 불러. 한누리 인사해."

거실로 나온 누리가 꾸벅 고개를 숙였다.

"안녕하세요. 한누리입니다."

"누리는 나보다 예의가 발라."

마디다가 또다시 엷게 웃었다.

"예의가 바른 건 좋은 겁니다."

차분하며 조용한 음성이었다. 목소리에서 안정감이 느껴졌다. 지금 당장 면접을 봐도 손색없는 외모였다. 두 눈에는 온화함이 담겨 있었다. 입술 끝에 편안한 미소가 머물렀다. 온은 어릴 적 함께 놀던 킨더 케어봇을 떠올렸다. 마디다보다 훨씬 편한 복장에 개구쟁이 같은 외모였다. 아이들이 정말 좋아할 친근한 모습이었다. 그에 반해 주니어 케어봇은 부드러운 선생님 이미지였다. 진짜 주니어들보다는, 그들의 보호자가 좋아할 외모였다.

"저는 주니어 케어봇입니다. 요리와 청소, 그 밖에 원하시는 프로그램을 말씀해 주세요. 학습 도움과 상담도 가능합니다."

"상담?"

온이 표정을 굳혔다. 마디다가 잠시 생각에 잠겼다. 정확히는 자기 말에 어떤 오류가 있는지 찾는 중이다.

"죄송합니다. 대화라고 정정하겠습니다."

교육을 전문적으로 하는 AI는 따로 있었다. 에듀프렌드라고 하는데, 아이들 사이에서는 거북으로 불렸다. 가정교사를 뜻하는 tutor와 거북을 뜻하는 turtle 발음이 비슷한데다, 거북처럼 느리고 참을성 있게, 같은 문제를 몇 번이고 반복해 설명해 준다는 의미였다.

사실 로봇을 두고 참을성 운운하는 건 이상한 일이었다. 그들은 지루함과 인내를 느낄 수조차 없으니까. 온은 가끔 감정을 느낄 수 없는 휴머노이드가 부러웠다.

케어봇 역시 간단한 학습은 도와줄 수 있었다. 그러나 에듀프렌드처럼 일대일 맞춤 교육은 제공하지 않았다. 이름 그대로 인간을 돌봐 주는 휴머노이드였다. 의뢰인을 위한 식사와 청소는 물론, 말벗이 되어 주거나 상담자 역할도 가능했다. 속마음을 쉽게 터놓기 힘든 10대에게는 교육 휴머노이드보다 어쩌면 케어봇이 훨씬 더 필요할지 몰랐다.

"우리 부모님이 케어봇을 신청했을 때, 특별히 지정한 프로그램이 있을 거 아니야?"

"특별한 사항은 말씀하시지 않았습니다. 한 해의 마지막을 부모님과 함께 보내지 못……."

"무슨 말인지 알겠어."

온이 말을 잘라내고는 고개를 돌렸다. 누리는 어느새 주방으로 돌아갔다.

"야, 한누리. 너 주니어 케어봇 처음 보지."

"나 바다 먹고 싶은데. 아빠한테 사 오라고 해."

누리가 냉장고 앞에 서서 손가락을 입에 물었다. 온이 절레절레 도리질 쳤다.

"쟤는 원래 저래."

"네."

"지금 전부 다 녹화 녹음 되지?"

"계약 위반 사항만 아니면 언제라도 삭제 요청이 가능합니다."

욕설이나 폭언, 성적 농담, 정치와 종교 강요, 허위 사실 유포 등등이 계약 위반 사항일 것이다. 그런 경우에는 데이터가 곧장 회사로 전송돼 소송 때 법적 증거물로 남는다.

"뭐, 상관없어. 할 말도 없으니까."

온의 감정 표현은 '응'과 '아니'가 전부였다. 부모님이 케어봇을 비밀로 한 이유를 알 것 같았다. 물어봤자 싫다는 대답만 했을 것이다. 그러나 휴머노이드라면 상관없었다. 적어도 온을 이상하게 보지 않을 테니까.

"봐서 이따 배고프면 간식이나 만들어 달라고 해야지. 누리 너는 어떻게 생각해?"

"온아, 엄마 아빠한테 진짜 연락 안 해 봐도 될까?"

순간 창밖이 시끄러웠다. 온이 베란다로 나가 밖을 살폈다. 사람들이 피켓을 들고 거리를 행진하고 있었다.

"저 사람들 누구야? 피켓에 뭐라고 쓰였는지 확대해 줄 수 있어?"

온이 거실에 있는 케어봇을 불렀다.

"타인의 허락 없이 촬영하는 건 명백한 불법입니다."

"누가 사람을 촬영하래? 그냥 피켓에 적힌 것만 확대해 달라는 거지. 혹시 저 사람들에 관한 기사나 정보 없어?"

잠시 뒤면 21세기 마지막을 기념하는 불꽃놀이와 레이저 쇼가 시작된다. 거리 행진을 하는 사람들은 피켓을 들고 다 함께 구호를 외쳤다. 하나같이 잔뜩 화가 난 모습으로……

마디다가 베란다로 나와 사람들을 내려다보았다.

"저 사람들은 러프입니다."

러프라면 온도 모르지 않았다.

"아, 그 사람들? 전에 한 번 누리랑 얘기한 적이 있어."

"Freedom of Love를 주장하는 사람들입니다. 이들을 러프라 부릅니다."

온의 시선이 거리로 돌아섰다.

"휴머노이드와 결혼하기를 원하는 사람들이지?"

"22세기에는 로봇과의 결합을 법적으로 인정해 달라는 집회입니다. 여러 지역에서 동시다발로 진행되고 있습니다."

온이 마디다의 옆모습을 바라보았다. 훤칠한 키에 잘생긴 외모, 완벽한 목소리에 상냥하고 젠틀한 성격까지. 마디다가 인간이라면 정말 완벽했을 것이다. 사람들이 이런 휴머노이드에게 애정을 느끼는 것도 무리는 아니었다.

"야, 한온. 너 뭐 해? 누나 심심하다."

거실에서 누리가 소리쳤다.

"한누리 너 애냐? 맨날 입만 열면 심심해……."

온이 말을 멈추고 한 번 더 케어봇을 보았다.

"갑자기 좋은 아이디어가 떠올랐어. 나 대화 신청할게."

마디다가 빙긋이 웃었다. 이 또한 잘 짜인 프로그램이겠지만 어쨌든 상대의 미소를 보는 건 기분 좋은 일이었다.

"먼저 시작하시겠습니까? 아니면 제가 몇 가지 주제를 제시해 드릴까요?"

"나 저 주제에 관해 얘기하고 싶어."

온이 손을 뻗어 텅 빈 거리를 가리켰다. Freedom of Love 를 외치는 사람들은 이미 사라지고 없었다.

"옛날에도 그런 사람들이 있었대. 애니메이션 캐릭터랑 사랑에 빠진 사람들. 글쎄? 지금 시대의 러프랑은 좀 다르지 않을까? 러프는 휴머노이드를 사랑하지만, 같이 생활하고 대화도 하잖아. 2차원 캐릭터와는 완전 다르지. 내가 곰곰이 생각해 봤는데, 인간이 사랑하는 건 누군가와 함께 보낸 시간일 거야. 추억이나 행복했던 경험. 그 시간을 함께 나눴던 상대가 설령 인간이 아니라 해도 충분히 사랑을 느끼지 않을까? 그래서 나는 러프들의 주장에 찬성하느냐고? 아니, 절대. 내가 왜 러프들을 찬성하지 않느냐 하면……."

밤이 깊어 갔다. 엄마 아빠에게서는 아무 연락도 오지 않았다. 공연은 늘 이런 식이었다. 정해진 시간에 끝나기가 어려웠다. 앙코르 요청이 쇄도하거나, 무대 뒤에서 사인과 사진 촬영을 원하는 관객도 있었다. 오늘 공연은 더더욱 제시간에 끝나기 어려울 것이다.

"인간과 로봇의 결혼을 허용한다. 어떻게 생각해?"

온이 묻고는 빠르게 덧붙였다.

"의견 말이야. 이 사태에 관해 말해 줄 수 있잖아."

마디다가 자신의 두 손을 내려다보았다. 진짜 사람처럼 진지하게 고민하는 모습이었다.

"저희는 인간이 원하는 것이라면 뭐든 명령에 따르게끔 프로그램되어 있습니다. 그것이 모든 인간에게 해가 되지 않는다는 범위 내에서 말입니다. 문제는 인간과 휴머노이드의 결합을 모든 인간이 원하진 않는다는 사실입니다."

러프는 소수의 주장이었다. 그들을 이상하게 보거나 미친 사람 취급하는 이들도 많았다. 인간에게 보편적인 가치관이 있듯, 로봇에게도 기본 법칙이 존재했다. 그 첫 번째가 모든 인간에게 해가 되는 일은 절대 하지 않는다, 이다.

"단순히 그 이유가 전부야?"

온이 물었다. 마디다의 얼굴에 의구심이 떠올랐다. 질문을 이해 못 한다는 표정이었다.

"조금 더 구체적인 대답을 원하십니까?"

온이 천천히 고개를 내저었다.

"러프들의 사랑은 틀렸다고 했어."

"누가 그랬습니까?"

마디다가 물었다. 온은 대답하지 못했다.

"로봇은 인간의 명령에 따르도록 프로그램돼 있어."

"법과 도덕, 사회적 규칙에 위배되지 않는 범위 내에서죠."

"사랑에는 서로의 동의가 필요한데, 인간과 로봇 사이에는 한쪽의 일방적인 요구만 있을 뿐이야. 그래서 러프를 주장하는 사람들은 사랑이 아닌 이기심이라 했어."

마디다가 까만 눈동자로 허공을 응시했다. 지금쯤 그의 두뇌, 즉 소프트웨어는 바쁠 것이다. 수많은 영과 일이 사랑에 관해 어떤 결론을 찾아야 할 테니까.

"사랑의 정의가 그런 것이라면, 인간과 휴머노이드 사이에는 누구나 이해할 만한 보편적인 가치관의 사랑이 성립되기 힘들겠군요."

"맞아. 단순히 인간이 원한다는 이유로 아무 결정권을 가질 수 없는 상대가……."

온이 말을 멈추고 한 곳에 시선을 두었다. 누리의 방은 여전히 닫혀 있었다. 갑자기 심장에 싸한 통증이 느껴졌다. 선명한 아픔은 가슴을 지나 온몸으로 퍼져 나갔다.

"됐어. 이 얘긴 그만하자. 이제 몇 시간 뒤면 21세기가 끝나."

마디다의 시선이 깜빡이는 벽시계에 닿았다.

"2시간 40분 23초 후입니다."

"기분이 어때?"

온이 물었다. 마디다가 머뭇거렸다.

"제 상태를 묻는 겁니까? 큰 이상은 없습니다. 시스템에 중대한 결함이 생기면 본사에 오류 데이터가 전송됩니다. 다행히 지금까지 그런 일은 발생하지 않았습니다."

마디다가 대답했다. 온이 나직이 웃었다.

"오류 데이터가 전송되면 어떻게 되는데?"

"기존 프로그램은 포맷되고 새로운 프로그램을 다운로드하겠죠."

"그럼 지금까지의 기억은 모두 사라지는 건가?"

마디다가 고개를 돌려 온을 바라보았다.

"기억이란 과거의 지식이나 사건을 머릿속에 새겨 두고 보존하거나 그것을 되살려서 생각하는 일입니다. 고객과의 데이터는 전부 회사에서 관리합니다. 특별한 사항이 아니면 일주일 후에 자동으로 삭제됩니다."

"부럽네. 그럼 지긋지긋한 기억도 자동으로 사라진다는 것 아니야."

인간의 기억도 포맷할 수 있다면…… 그날의 악몽도 지워 버릴 수 있을까.

"기억이 없다는 건 시간이 없다는 것과 마찬가지입니다."

"시간이 없다니?"

온이 물었다. 마디다가 두 눈을 끔벅였다. 어떻게 대답

해야 할지 답을 찾는 모양이었다.

"시간은 쌓이는 것입니다. 곧 새로운 백 년이 시작되지만, 결국 그 전세기가 쌓이고 쌓여서 만들어진 것이 22세기입니다. 그것을 역사라고 일컫지요. 한 인간에게는 삶이나 인생이라고 합니다. 저희에게는 쌓일 것이 없습니다. 시간이 축적되지 않습니다."

"케어봇도 점점 더 진화하잖아."

"기술입니다. 인간을 위해 발달되었을 뿐입니다."

둘 사이에 짧은 침묵이 지나갔다.

"뭐 하나 물어봐도 되겠습니까?"

먼저 입을 뗀 건 케어봇이었다. 온이 고개를 주억거렸다.

"시간의 종류는 얼마나 많습니까?"

"무슨 소리야?"

온이 되물었다.

"물리적 시간은 잘 알고 있습니다. 전문가마다 새로운 시간 개념을 주장하지만, 제가 궁금한 것은 시간의 과학적이고 물리적인 지식이 아닙니다. 인간 개개인의 시간을 알고 싶습니다. 그 종류가 너무 많습니다."

"……."

"누구는 과거에 갇혀 있다 하고, 또 누구는 한순간에 머

물러 있거나 제 시간 속에 파묻혀 있다고 합니다. 혼자서 시대를 앞서 갔다고도 하죠. 그것이 정확히 무엇을 뜻하는지 알고 싶습니다."

마디다가 왼쪽 허공을 바라보았다. 호기심 가득한 아이 같은 표정을 지었다.

"그냥 관용적 표현이야."

"그 기저에 숨어 있는 뜻이 너무 많습니다. 행복한 순간에도, 힘든 순간에도, 인간은 똑같이 시간이 멈춰 버렸으면 좋겠다고 말합니다."

온의 입가에 씁쓸한 미소가 지나갔다. 마디다는 창밖으로 눈을 돌렸다.

"이제 곧 22세기가 됩니다. 머지않아 화성 기지가 완성됩니다. 화성 정착민들이 생겨나겠죠. 물론 저희 같은 로봇이 이미 터를 닦아 놓은 상태입니다. 이것이 모든 인류의 염원입니까?"

온이 괜스레 목덜미를 매만졌다. 깊게 생각해 본 적 없는 질문이라 대답하기 어려웠다.

"죄송합니다. 질문이 너무 광범위했군요. 제게 입력된 기본 데이터를 종합해 본 결과, 인간의 시간은 정말 다양했습니다. 모든 인류가 공유하는 시간과 개인적인 시간으로 나뉘어 있었습니다. 인류의 염원이 22세기 제2의 지구를 만드는 것이라면, 저마다 개인적인 바람은 따로 있지 않습니까."

"그거야 당연하잖아."

"저희에게는 개인적인 바람이란 존재할 수 없습니다. 그것이 무엇인지 궁금했을 뿐입니다. 제 질문에 대답할 이유는 없습니다. 당신은 인간이니까요."

"지금 내가 이러고 있는 것도, 시간에 갇혀 있다는 뜻이네?"

모두 그만하라 했다. 네 탓이 아니니 훌훌 털어 버리라 했다. 그러나 사람들의 말처럼 쉽지 않았다. 온은 여전히 일 년 전 그날에 갇혀 있었다. 어떻게 빠져나와야 할지, 그 방법조차 알 수 없었다. 가슴 통증이 조금 더 깊어졌다.

"그것이 인간의 시간 아닙니까? 저와 같은 휴머노이드처럼 모두 똑같은 모습으로만 살아가지 않습니다. 화성 정착이라는 원대한 미래를 열망하면서도, 내일 있을 야구 경기에 더 크게 흥분하는 것이 인간이라 배웠습니다. 인간 한 명 한 명이 모두 각자의 시간을 살아간다면, 사실 시간의 정답이나 정의는 없다는 결론이 나옵니다. 누구는 앞으로 나아가고, 다른 누구는 멈춰 서 있고, 또 다른 누구는 과거로 되짚어갈 수도 있으니까요."

마디다가 어깨를 으쓱해 보였다. 몸짓 하나하나까지 모두 프로그램되어 있지만, 인간이라고 크게 다르지 않았다. 오랜 시간 축적돼 온 DNA에 따를 테니까.

"시간을 쌓는다는 건, 지층이 형성되는 것과 비슷한 일입니까?"

"지층?"

"지층이 형성되는 이유는 몇 가지 있습니다. 그중 하나가 오랜 세월에 걸쳐 물이나 지표면에 퇴적물이 쌓이는 것을 말합니다. 퇴적물의 종류는 다양합니다. 모래가 될 수도 있고 진흙이나 자갈, 화산재가 될 수도 있습니다. 때로는 생물의 유해로 화석이 만들어지기도 하죠. 무엇이 언제 어떻게 쌓일지는 알 수 없습니다. 세월이 흐르고 흘러 그것들은 하나의 모습으로 남게 됩니다. 제가 알고 싶은 건, 인간의 시간도 그것과 비슷한 모습으로 형성되는가입니다."

마디다가 온의 두 눈과 마주했다. 겉모습이 어떠하든, 고성능 카메라가 장착된 인공 눈이었다. 그런데도 그 속에는 또렷한 물음표가 들어 있었다.

네 시간 속에 지금 무엇이 쌓이고 있어? 그중에는 분명 싫은 것, 괴로운 것, 절대 쌓이지 않았으면 좋았을 것, 쌓여서는 안 되는 것까지 들어 있겠지? 때로는 기억이 지워지지 않는 화석으로 남을 수도 있어. 그렇게 네가 원하든 원치 않든, 시간 지층은 지금 이 순간에도 끊임없이 형성되고 있거든.

"무슨 생각을 하고 있습니까?"

온이 흠칫 놀라 몸을 떨었다. 조금 전 목소리는 무엇일까? 분명 마디다는 아니었다.

"시간을 생각하고 있었어."

"1시간 32분 23초 후에 22세기가 시작됩니다. 인간은 새로운 역사를 만들 것입니다."

"맞아, 인간의 시간도 지층처럼 쌓이는 거야."

"그런가요. 정말 여러 가지 추억이 만들어지겠군요."

"아픔도."

"……."

"괴로움까지 모두."

"22세기까지 오면서 인류에게 늘 발전과 행복만 있었던 것은 아니잖습니까."

"인간이라서 그래. 멍청한 짓을 너무 많이 했어."

인간이란 생각할수록 어리석은 존재였다. 바보 같고 한심하기 짝이 없었다. 기억은 온을 과거의 그날로 데려갔다. 그깟 스피드가 뭐라고 말도 안 되는 짓을 벌였을까? 그깟 돈이 뭐라고 범죄를 부추겼을까?

그깟 사람들의 시선이 뭐라고 바보같이…….

"누리가 없습니다."

마디다가 말했다.

"방에 들어가 자라 했어."

"쉬고 있군요."

"고마워."

"뭐가 말입니까?"

온이 제 발끝을 내려다보았다.

"그렇게 말해 줘서."

집 안의 모든 센서는 꺼져 버렸다.

"누리는 엄마를 닮았어."

온의 목소리가 텅 빈 거실을 울렸다.

누리는 노래를 아주 잘 불렀다. 그런 녀석이 학교 음악
제에 나가는 건 당연한 일이었다. 온은 아빠의 재능을 이
어받았다. 어릴 때부터 피아노를 좋아했다.

"온아, 나 반주 좀 해 줘. 음악제에선 선생님이 해 주기
로 했어. 연습만 부탁해."

"미쳤냐? 그러잖아도 애들이 너랑 나 이상하게 보는데,

네 반주자 노릇까지 하라고? 그냥 반주 프로그램으로 연습해.”

“싫어. 직접 연주하는 거랑 다르단 말이야.”

“야, 재즈 가수는 네가 아니라 엄마야.”

“너야말로 재즈 피아니스트 아니거든? 비싼 척하지 말고 내일부터 옛날 음악실로 와.’

온은 결국 누리의 부탁을 들어주었다. 하루가 멀다 하고 툭탁거리지만, 둘은 누구보다 서로를 아끼는 쌍둥이 남매였다.

“나는 상관없었어. 오히려 우리가 쌍둥이라는 사실을 말해 버리면 괜한 오해도 안 받고 편할 것 같았거든. 그런데 누리가 절대 비밀이라잖아.”

새 음악실은 아이들의 왕래가 잦았다. 창고 같은 옛 음악실에 낡은 피아노 한 대가 놓여 있었다. 사방이 먼지로 가득한 곳에서 두 사람의 연습이 시작되었다. 피아노는 언제 마지막으로 조율했는지 상태가 엉망이었다.

“잠깐. 나 눈에 뭐 들어갔나 봐.”

온이 건반에서 손을 떼며 말했다.

“먼지가 많아서 그래.”

누리가 노래를 멈추고 피아노로 다가왔다.

"눈 좀 크게 떠 봐. 불어 줄게."

그 순간 벌컥 음악실 문이 열렸다. 몇몇 아이들이 길게 휘파람을 불었다.

"야, 뭐냐 너희들? 으슥한 곳에서 단둘이."

피아노 소리를 듣고 온 아이들이었다. 하필 오해받기 딱 좋은 장면에 등장했다.

"눈에 먼지가 들어갔다고 해서 불어 준 거야. 나도 몰랐는데, 한온 얘가 피아노를 좀 친다고 하잖아. 나 음악제 연습 때문에……. 싫다는 거 내가 몇 번이나 부탁했어."

누리는 당차고 씩씩한 아이였다. 웬만한 일에 당황하지 않았다. 그런 녀석이 어떡하든 이 사태를 숨기려 전전긍긍했다. 그 모습에 온은 울컥 짜증이 치솟았다.

"한누리, 너 내가 창피하냐?"

누리는 인기가 많았다. 공부도 잘했다. 학교 행사에도 적극적이었다. 모두 누리를 좋아했다. 선생님들 사이에서도 한누리라는 이름은 유명했다. 조용하고 존재감 없는 온과는 정반대였다.

"그길로 학교를 뛰쳐나왔어. 서운하기도 하고 화도 났어. 왜 그렇게까지 쌍둥이라는 걸 비밀로 할까 싶었는데, 나를 부끄럽게 여기는구나 문득 그런 생각이 들었어."

누리가 헐레벌떡 뛰어오는 소리가 들렸다. 온은 모른 척 길을 걸었다.

"그런 게 아니라고. 네가 이렇게 가 버리면 애들이 더 의심하잖아."

"누가 그런 부탁 하래? 나도 싫어, 너랑 같이 있는 거."

온이 성큼 도로로 내려섰다. 그 순간 모든 것이 정지되어 버렸다. 눈앞에 자동차가 나타났다. 동시에 등을 거칠게 떠미는 손길이 느껴졌다. 그러고는 모든 시간과 공간, 감각과 생각까지 까만 암흑 속에 파묻혀 버렸다.

"불법으로 개조한 차였어. 미친 프리드라이버들."

차들은 대부분 자율 주행으로 움직였다. 인간이 운전할 수 있는 셀프드라이브 전환은 가능했지만, 자율 주행이든 사람이 직접 운전을 하든 기준속도 이상은 달릴 수 없었다.

그런데 이 차량 안전 시스템을 불법으로 개조한 사람들이 있었다. 일명 프리드라이버. 적발되는 즉시 엄청난 벌금을 물어야 했다. 사고를 내면 가중 처벌을 받았다. 그러나 강력한 단속에도 프리드라이버는 사라지지 않았다. 그깟 스피드가 인간의 목숨보다 훨씬 중요할까? 온은 생각할수록 심장이 타들어 가는 기분이었다.

"그 뒤로 시간이 멈췄어."

온이 두 손을 꽉 움켜잡았다. 시간은 야생 동물과 같았다. 아무렇지 않게 다가와 기습적으로 할퀴고 사라졌다. 그 시간이 지나간 자리에 깊은 상흔만 남았다. 후회와 아픔. 돌이키기엔 너무 늦어 버렸다.

그날 이후 누리는 온의 눈앞에서 영원히 사라지고 말았다. 엄마는 더는 노래 부르지 못했다. 아빠는 두 번 다시 피아노 앞에 앉지 못했다. 온은 아무하고도 이야기하지 않았다. 밥을 먹을 수도, 잠을 잘 수도 없었다. 그리고 알게 되었다. 누리가 사람들에게 왜 그토록 쌍둥이라는 사실을 숨기려 했는지.

"너한테 피해 줄까 봐. 누리는 뭐든 잘하고 적극적이잖아. 종종 오해 사는 경우도 많아. 학교에 말도 안 되는 소문이 퍼지기도 해. 다들 질투하는 거지, 뭐. 괜히 너까지 아이들 입방아에 오를까 봐 걱정 많이 했어. 네가 자신을 창피하게 생각할 거라고……."

누리가 유일하게 속마음을 터놓는 친구, 학교에서 유일하게 온과 누리가 쌍둥이라는 사실을 알고 있는 아이, 최서라가 말했다. 그 뒤로 온의 시간은 한자리에 못 박혀 버렸다. 누리가 사라진 그날에서 조금도 흐르지 않았다.

엄마가 다시 노래를 부른 것은, 누리가 떠난 지 반년이 흐른 뒤였다. 우연히 보게 된 영상 속에서 꼬꼬마 누리가 화면을 향해 활짝 웃었다.

"나는 엄마 노래 부를 때가 제일 좋아. 나중에 달에 가서도 노래 부를 거지?"

그 한마디가 엄마를 무대로 돌려보냈다. 아빠를 다시 피아노 앞에 앉게 했다. 큰 콘서트홀도, 화려한 조명도 없었다. 세계적인 뮤지션들과 함께하는 꿈같은 공연도 아니었다. 오늘 엄마는 아주 작은 무대에서, 마음의 상처를 지닌 사람들과 함께 노래할 것이다. 고통과 그리움을 목소리에 담아 더 많은 이들의 가슴에 잔잔한 파장을 일으킬 것이다.

엄마와 아빠는 슬픔의 늪에서 조금씩 빠져나오고 있었다. 그것이 진정 누리가 원하는 것임을 잘 알고 있었다. 그렇지만 온은 아니었다. 그날의 기억이 점점 더 깊은 늪 속으로 온을 가라앉혔다.

"사람들이 나더러 미쳤다 했어. 정말 내가 미친 걸까?"

"세상에 완벽한 것은 없습니다. 저희도 가끔 시스템 오류가 생깁니다. 바이러스에 감염되거나 기술적인 문제, 부품의 노후 등으로 다양한 문제가 발생하죠. 그럴 때를 대비해 자체 복구 프로그램이 내장되어 있습니다. 하지만 무엇이 문제인지부터 찾아내야 합니다. 원인을 찾기 위해 짧게는 몇 초, 길게는 몇 분 이상이 소요될 때도 있습니다."

마디다가 한쪽 눈을 찡긋했다.

"그사이에 말도 안 되는 버그를 일으킨 적도 있습니다."

"어떤?"

"간식으로 쿠키를 만들었는데 설탕이 아닌 소금을 넣었습니다."

"그 정도는."

"포도 주스 대신 포도주를 따라 주었고요. 아시다시피 저는 주니어 전문 케어봇입니다."

"그건 좀……."

온이 큭큭 소리 내어 웃었다.

"만약 인간의 삶에도 오류가 생긴다면 자체 복구 될 때까지 약간의 문제가 발생하겠지요."

"자체 복구?"

그 순간 손목의 와이즈 밴드가 깜빡거렸다. 아빠에게서 온 연락이었다.

"끝났어?"

"미안해. 너무 늦었지? 연말이라 도로 사정이 안 좋아. 오늘 불꽃놀이랑 레이저쇼 보러 나온 사람들이 많아서."

"괜찮아."

"아들, 엄마야. 제야의 종소리 들어야지. 혹시 케어봇이랑 같이 있니?"

엄마 목소리가 잠겨 있었다. 앙코르 공연을 하다 또 눈물을 흘린 모양이었다.

"응."

"엄마 아빠 도착할 때까지 같이 있을래? 곧 서비스 완료할 시간이야. 연장할까?"

온이 마디다를 향해 고개를 돌렸다.

"원하시는 대로."

말하며 그가 어깨를 으쓱했다.

"아니, 완료해."

"그래, 금방 도착해. 온아?"

엄마가 다급하게 불렀다.

"응."

"Happy new century. 새로운 세기에는 우리 복 많이 받자. 그리고……."

엄마는 어색한 웃음으로 얼버무렸다. 끝내 내뱉지 못한 한마디가 온의 귀가 아닌 마음속에 스며들었다. 새로운 세기잖아. 우리 아픔은 과거가 될 오늘에 꼭꼭 묻어 두자.

엄마는 그렇게 시간의 지층 속에 슬픔을 넣어 두었다.

그리고 여전히 기다리고 있었다. 온이 죄책감이라는 늪에서 하루속히 빠져나오기를…….

창밖에서 팡팡 불꽃이 타올랐다. 이제 곧 21세기가 어둠 속으로 사라질 것이다. 온이 고개를 돌려 빛의 고래를 바라보았다.

오늘 누군가는 우주로 날아갔다. 그 먼 곳에서 한 세기를 마무리하는 지구를 조망하고 있겠지. 그곳에 꼭 가고 싶어 했던 아이가 있었다. 그 낯익은 얼굴이 밤하늘에 색색의 빛으로 반짝거렸다.

"마지막으로 한 가지만 물어볼게."

밤하늘에 시선을 둔 채 온이 말했다.

"마디다가 무슨 뜻이야?"

마디다가 부드럽게 미소 지었다.

"물건이 쉽게 닳지 않고 오래간다는 뜻입니다. 순 한글이지요. 고장 없이 오래 사용하고 싶다는 의미일 것입니다."

"너무 삭막한 해석인데?"

"사실이니까요."

온의 두 눈이 마디다에게로 향했다.

"저도 마지막으로 한 가지 물어봐도 될까요?"

"응."

"인간은 왜 기쁨보다 슬픔을 더 오래 기억합니까?"

밤하늘이 화려하게 물들어 갔다. 불꽃은 인간의 기쁨을 닮았다. 찰나의 순간 피었다가 사라지니까. 그런데 안 좋은 기억은 왜 오래갈까? 슬픔은 정말 마디다.

"모르겠어."

온이 대답했다.

"그 답은 어쩌면 다음 세기에 찾을 수도 있겠네요. 인간에게는 시간이 때로는 약도 되고 훌륭한 해답서도 된다 들었습니다. 오늘 저와 함께했던 시간이 부디 즐거우셨기를 바랍니다."

마디다가 정중히 고개를 숙였다.

"오늘 나랑 함께 나눈 이야기 삭제하지 마. 그럼 적어도 일주일 동안은 파일이 남아…… 아니, 기억이 남아 있을 거잖아."

마디다의 입가에 엷은 미소가 번졌다.

"제 시간도 잠시나마 쌓이겠군요."

"곧 22세기야. 무려 한 세기 동안의 시간을 간직하는 거라고."

"시간의 지층이 만들어질 겁니다."

"맞아."

온이 손을 내밀었다. 마디다가 그 손을 맞잡았다. 따뜻한 온기가 느껴졌다. 열 센서 따위는 굳이 생각하고 싶지 않았다.

마디다가 돌아간 후 집에 보안 시스템이 가동되었다. 거실을 가로지르던 온이 그 자리에 멈춰 섰다. 천천히 고개를 돌린 곳에 누리가 서 있었다. 온이 재빨리 센서를 확인했다.

"꺼졌잖아."

센서는 꺼져 있었다. 누리의 홀로그램도 사라졌다. 웃고 떠들며 온에게 장난쳤던 누리의 모습은 홀로그램으로 복원되어 집 안 곳곳에 남아 있었다. 늘 똑같은 말만 반복하는 누리, 냉동실에 아이스크림이 있지만 먹지 못하는 누리, 아빠가 곁에 있어도 아빠를 찾는 누리, 누구에게나 꾸벅 고개 숙여 인사하는 누리, 일 년 내내 심심한 누리, 툭하면 내기하자는 누리. 그러나 이 모든 누리는 홀로그램 센서를 ON 시켰을 때만 나타나는 신기루에 불과했다.

미쳤다 해도 상관없었다. 이렇게라도 하지 않으면 온은 정말 미쳐 버릴 것만 같았다. 그런데 진짜 완벽하게 미쳤는지도 몰랐다. 모든 센서가 꺼졌는데도 눈앞에 누리가 있었다. 온이 두 눈을 마구 비비적거렸다.

"가위바위보 하자. 이긴 사람 소원 들어주기."

누리가 말했다.

"뭐?"

온의 눈동자가 터질 듯 부풀어 올랐다.

"안 내면 술래야."

이번에도 누리는 가위를 낼까? 단 한 번이라도 좋으니 가위를 내지 않는 누리를 만나고 싶었다. 누리에게 질 수만 있다면, 정말 그럴 수만 있다면……

"한다. 가위바위보."

누리가 소리쳤다. 온이 질끈 눈을 감고 주먹을 냈다. 눈을 뜨자 눈앞에는 여전히 누리가 있었다. 그리고……

"이겼지? 내가 이겼다!"

누리의 손이 쫙 펴져 있었다. 가위가 아닌 보자기. 온의 가슴이 쿵 소리를 내며 떨어졌다.

"이긴 사람 소원 들어주기."

"……"

"온아, 우리 달 여행 가자. 너도 사실 나랑 같이 있는 거 좋아하잖아."

온이 천천히 고개를 끄덕였다. 고이지도 못한 눈물이 볼을 타고 떨어졌다.

"그럼 됐어. 이제 다 된 거야. 그렇지?"

누리가 꺼져 버린 센서를 바라보았다. 그 슬픈 눈빛이 온의 가슴에 소리 없이 말했다. 그 순간 온은 알게 되었다. 이 모든 것을 정작 누리는 원하지 않는다는 사실을.

창문 밖으로 빛의 범선이 밤하늘을 헤치며 지나갔다. 인간은 곧 화성에 정착할 것이다. 오늘도 스페이스 문은 관광객들을 태우고 달로 출발했다. 최첨단 과학이 우주를 정복하는 시대에도 인간에게는 신비한 일들이 일어난다. 어떤 법칙과 공식으로도 증명할 수 없는 사랑, 꿈 그리고 그리움이 불러오는 기적…… 좀처럼 닳아 없어지지 않는 슬픔이 언젠가 온을 달과 화성까지 데리고 갈 것이다.

"그래, 가자."

새로운 세기가 시작되면 집 안의 홀로그램은 모두 꺼질 것이다. 그러나 누리는 여전히 온과 함께할 것이다. 죄책감과 후회, 미안함과 그리움의 시간은 끊임없이 거듭될 것이며 그렇게 시간의 지층이 쌓여 갈 것이다. 그것이 인간의 삶이라는 걸, 온은 깨달았다.

"네가 원하든 원치 않든, 시간 지층은 지금 이 순간에도 끊임없이 형성되고 있거든."

결국 목소리의 주인공도 찾았다. 창밖에 새 출발을 환영하는 불꽃이 잠시 피어났다 가뭇없이 흩어졌다.

시간이 지나도 변하지 않는 게 있다. 인간이 같은 인간을 사랑하고 그리워하는 것. 이 복잡하고 기묘한 마음이 하나의 끈이 되어 과거부터 현재 그리고 미래를 관통하고 있다. 그것을 누군가는 인연이라 부르거나 삶의 이유와 목적이라고도 말한다.

숲이 사라진 곳에 회색 건물이 빽빽하다. 밤하늘을 잃어버린 별들이 지상의 네온사인으로 반짝인다. 인간 손에서 탄생한 것들이 정작 인간을 밀어 내기 시작했다. 안타까운 현실이라 말하기엔 이미 늦어 버렸다. 하지만 우리는 여전히 이야기를 사랑하고 이야기 속 세계에 쉽게 매료된다. 분명 가슴에 따뜻한 사랑이 있기 때문이다.

아득히 먼 미래, 과연 인간이 지구상에, 아니 광활한 은하계 어딘가에 존재할지 의문이다. 지금의 현실만 보자면 그리 낙관적인 대답은 기대하기 힘들다.

그럼에도 먼 훗날 여전히 인간이 존재한다면, 그곳에는

사랑과 그리움 그리고 그것들을 노래하는 다채로운 이야기도 함께 공존하리라 믿는다. 될 수 있으면 그 세계는 여전히 공기가 있고 물이 흐르며 아름다운 자연이 숨 쉬는 푸른 별이기를 간절히 바라본다.

미확인 지뢰 구역

김정혜진

김정혜진 SF소설가. 로봇새 조에와 간병로봇 TRS, 백화한 산호 이야기를 담은 미니소설집 『깃털』이 있다. 그밖에 「선흘의 여름」 「친애하는 쇠고기」 「벌들의 공과 사슬」 등의 단편들을 썼다. 「TRS가 돌보고 있습니다」로 2017년 제2회 한국과학문학상 중단편부문 가작을 수상했다. 수상작은 영화 <간호중>으로 만들어졌다.

소희가 가느다랗게 눈을 떴다. 고개를 늘어뜨린 메이가 공중에 나타난 자석 집게에 뒷걸음질 치듯 끌려가고 있었다. 집게에 들려 드론 속으로 올라간 메이가 내벽에 철썩 등을 붙였다. 안드로이드들이 소희를 들것에 눕혔고, 소희는 메이를 태우고 이륙하는 드론을 올려다보았다.

"메이⋯⋯."

소희는 정신이 아득해졌다. 꿈에서 동물의 붉은 털이 먼지바람에 흩날렸다. 동물 옆에는 메이가 서 있었다.

메이가 눈을 떴을 때 드론은 도시 상공에서 정지 비행을 하고 있었다. 수많은 드론이 서로 조금도 부딪치지 않고 탁한 하늘을 가로질렀다. 메이가 탄 드론도 그 질서의 일부였다. 기하학적인 모양의 첨단 고층 빌딩들은 반지를 낀 것처럼 허리에 붉은 구름을 둘렀다. 도시를 휘감은 오렌지색 대기가 좀처럼 빠져나가지 못하고 머물렀다.

메이는 대규모 팩토리 지대를 내려다보았다. 이제 갓 태어난 새로운 제품들이 트럭 여러 대에 스스로 올라타고 있었다. 트럭이 제품을 모두 싣고 출발했다. 교통 신호를 주고받은 드론은 팩토리 앞마당에 수직으로 착륙했다.

드론에서 목소리가 흘러나왔다.

"메이 37031은 임무 중 파손됐습니다. 분해 구역 A로 이동합니다."

메이가 드론에서 내렸다. 오른쪽 얼굴과 어깨 그리고 팔까지 몸 전체의 반쯤이 부서져서 균형을 잡기가 어려웠다. 드론 안에는 눈을 뜨지 않은 새 제품 두 대가 옷처럼 걸려 있었다. 다음 목적지에 제품을 배달하려고 드론은 곧바로 수직 이륙했다.

메이는 휘청거리며 A 구역 안으로 걸어 들어갔다. 등에 '37031'이라는 숫자가 찍혀 있었다. 파손된 인공 피부가 너덜거렸다. 망가진 로봇들이 길게 줄지어 선 모습을 보고 멈춰 서서 상황을 살폈다. 저 앞에서 반짝이는 파란 눈이 로봇들을 차례대로 스캔하고 있었다.

"메이 28495, 확인 완료."

메이 28495는 몸통 가운데가 뻥 뚫린 로봇이었다. 메이 37031은 자기와 같은 인간형 로봇이 공중에서 내려온 진공 흡입구 속으로 빨려 들어가는 모습을 올려다보았다. 로봇의 눈꺼풀이 감기자마자 팔, 다리, 머리, 얼굴의 눈 부위가 제각각 분해돼 흩어졌다. 부품들은 재질이나 기능별로 나뉘어 진공 흡입구의 다른 통로로 이동했다.

이곳은 파손된 인간형 로봇들이 부품으로 해체된 후 또 다른 로봇으로 재조립되는 안드로이드 팩토리다. 메이는 팩토리 내부를 둘러보다가 2층 사무실로 통하는 계단을 발견하고 그쪽으로 걸어갔다. 파란 눈은 개의치 않고 다음 로봇을 스캔했다.

메이가 사무실 앞에 도착하자마자 자동으로 문이 열렸다.

"들어와요."

감독관이 사무용 책상에서 일어서며 말했다. 책상 위에 놓인 디지털 달력에서 '2100년 12월 31일'이라는 글자가 깜빡였다.

감독관은 얇은 비닐이 덮인 소파 쪽으로 메이를 안내했다. 메이가 자리에 앉았다. 감독관은 마시던 찻잔을 나무

테이블로 옮기며 손잡이가 오른쪽으로 오게끔 부드럽게 어루만졌다. 찻잔이 받침에 부딪혀 달그락거리는 소리가 났다. 소파에 앉은 감독관이 차를 한 모금 마셨다. 메이에 게는 차를 권하지 않았다.

"하고 싶은 말이 있습니다."

아직 반쯤 남은 메이의 얼굴에서 목소리가 흘러나왔다.

"흠, 그래요. 그러니까 찾아왔겠죠? 무슨 일일까?"

메이에게 묻는 건지 감독관 자신에게 묻는 건지 모호한 질문이었다.

그래도 메이는 대답했다.

"제 수명을 연장해 주십시오."

감독관이 고개를 갸웃했다.

"'수명'이라는 단어를 아네요."

"인간이 쓰는 단어죠."

"삶과 죽음에 관한 문제라면 안드로이드는 제한된 언어 만을 갖고 태어나는데?"

"학습하는 것은 가능합니다."

"어디에서 학습했죠?"

"미확인 지뢰 구역에서요."

감독관은 그 자리에서 미확인 지뢰 구역에 관한 정보를

검색했다. 미확인 지뢰 구역과 그곳에 배치된 로봇들에 관한 정보가 주르륵 허공에 떠올랐다.

"지뢰 제거 로봇이었네요."

"지금도 지뢰 제거 로봇입니다."

감독관이 미간을 찡그리며 정보를 훑었다.

"참 나, 아직도 지뢰가 남아 있어요?"

"미확인 지뢰 구역이 남아 있습니다. 혹시 아시나요?"

"들어 봤어요. 하지만 지뢰라면 1950년대에 매설됐을 텐데?"

"네, 1960년대까지도요."

"그때 묻어 둔 지뢰가 어떻게 150년을 지나서 지금까지 남아 있지?"

감독관이 이번에도 혼잣말하듯 말했다. 이해가 가지 않는다는 표정이었다.

"미확인 지뢰 구역에만 들어가면 기계들이 작동을 멈췄습니다. 지뢰 탐지기, 지뢰 제거 로봇, 드론까지도요. 들어간 기계들은 구역 밖으로 나오지 못했습니다. 그래서 저는 지뢰 제거용으로 배치됐지만 주로 경비 업무를 맡았습니다."

"그곳으로 돌아가고 싶어요?"

"네, 그렇습니다."

"이유는?"

"할 일이 남아 있습니다."

"할 일이라······."

감독관은 생각에 잠긴 듯 손가락으로 테이블을 두드렸다. 그러고는 상체를 꼿꼿이 펴고 말했다.

"메이 37031."

"네, 여기 있습니다."

"저길 좀 봐요."

메이가 감독관의 고갯짓을 따라 사무실 창밖을 내려다보았다. 팩토리는 파손된 인간형 로봇으로 가득했다. 액체 금속이 거푸집에 부어져 들어가는 모습을 감독관이 손가락으로 가리켰다. 그러곤 메이를 쓱 쳐다보았다.

"여기서 해체되는 건 죽는 게 아니에요. 그저 새 로봇으로 만들어지는 겁니다. 봐요, 저 로봇들이 모두 메이예요. 내 앞에 앉아 있는 메이는 37031번째 메이고요. 알고 있나요?"

"알고 있습니다."

"파손된 메이들은 모두 이곳으로 회수됩니다. 그리고 자기 운명을 순순히 받아들이죠. 해체에 동의한다는 얘기예요. 그런데 왜 37031은 여기 앉아 근무 기간을 연장해 달라고 하는 겁니까?"

"이름 전체를 불러 주십시오. 저는 메이 37031입니다. 번호로만 부르면 죄수를 부르는 느낌이 듭니다."

감독관이 짧은 한숨을 내쉬며 두 손을 모아 깍지를 끼었다.

"알았어요. 그렇게 하죠."

"감독관의 이름을 물어봐도 됩니까?"

"그럼요, 내 이름은 이지영이에요."

"지영, 저에게 지영을 귀찮게 하려는 의도는 전혀 없습니다. 할 일이 있어서 돌아가려는 것뿐입니다."

"그래요, 그런데 말이에요, 메이. 아, 번호 빼고 '메이'라고만 부르는 건 괜찮아요?"

"괜찮습니다."

"음, 내가 메이 같은 로봇을 처음 볼 거라고 생각해요?"

"그런 생각은 해 본 적이 없습니다."

"내가 메이를 특별하게 여겨서 근무 기간을 연장해 줄 거라 기대할까 봐 하는 말입니다."

"저를 특별하게 대해 달라고 말하는 게 아닙니다."

"간혹 메이처럼 나를 찾아오는 안드로이드가 있어요. 파손돼서 생긴 시스템 오류죠. 그럴 때는 날 찾아오게끔 안전장치가 작동해요."

"다른 메이들은 뭐라고 했나요?"

"그냥 이것저것 말하고 싶어 하는 로봇도 있고, 다음에는 어떤 일을 하고 싶다고 희망하는 경우도 있고, 지금처럼 수명 연장을 바라는 로봇도 있죠. 뭐, 수명 연장이라기보단 근무 연장이겠지만."

"그 로봇은 어떻게 됐나요?"

"재활용돼서 다른 일을 해요. 그것도 수명 연장이잖아요?"

"제가 원하는 건 그런 게 아닙니다. 미확인 지뢰 구역으로 돌려보내 주십시오."

"오류라니까……."

감독관이 귀찮다는 듯 말했다.

메이가 말했다.

"일을 안 하겠다는 게 아닙니다. 더 하겠다는 겁니다."

지영이 말을 하지 않자 메이의 목소리가 커졌다.

"여기 올 때까지 어떤 일이 있었는지 말씀드리고 싶습니다. 제 이야기를 들어 주십시오."

감독관이 메이를 힐끗 쳐다보았다.

메이는 사나운 왕 앞에 선 세에라자드처럼 이야기를 시

작했다.

메이와 같은 안드로이드 덕분에 미확인 지뢰 구역의 군인과 민간인 사망 사고는 줄어들었다. 그러나 동물들이 계속 죽어 나갔다. 결국 구역 앞에 야생 동물 보호 센터가 생기고 인간 수의사가 배정되었다. 수의사의 이름은 홍소희였다.

소희는 다른 센터에서 문제를 일으켰다는 이유로 이곳에 전보 발령이 났다. 동물을 구한답시고 제멋대로 군다며 사람들이 민원을 제기해서였다. 그러나 소희로서는 동물들을 구하려면 인간의 규율에 맞설 수 밖에 없었다. 동물들은 인간이 지배하는 땅에서 옹색하게 살아가기 때문이었다. 그는 도로에 뛰어들고, 남의 집 지붕 위에 올라가고, 처음 보는 사람들에게 조용히 하라고 했다. 얼마 남지 않은 야생 동물을 구하려면 어쩔 수 없는 일이었다.

소희는 자기 일에 열정이 많은 수의사였다. 미확인 지뢰 구역에 도착한 당일에도 다친 고라니를 데려와 살펴보았다.

"잘 부탁합니다."

메이가 먼저 소희를 찾아가 인사를 건넸다.

"저도요."

짧막한 인사를 나누자마자 소희는 업무에 집중했고, 메이는 경비대 건물로 되돌아갔다.

이튿날, 지뢰 터지는 소리가 크게 났다. 소희는 동물이 지뢰를 밟았다고 판단하고 응급 구조 드론을 몰아 구역 안쪽으로 들어갔다. 구역 안에 들어가는 기계들은 모조리 고장 났으므로 드론이 추락하는 것도 시간문제였다. 소희도 그 사실을 모를 리 없었다. 그렇지만 쉽게 포기할 수 없었다.

"조금만 더, 조금만 더."

주문이라도 외우듯 간절하게 말하는 소희에게 메이가 바로 통신을 했다.

"당장 나오십시오. 드론 추락합니다."

소희는 통신을 듣고도 곧장 돌아 나가지 않았다. 정지 비행을 하며 주변을 살폈다. 동물의 열화상이 응급 구조 드론 레이다망에 나타나서였다. 소희는 좀 더 들어가 보려고 했지만 벌써 드론이 수평을 잃고 흔들리기 시작했다. 메이의 통신이 반복되며 지지직거렸고, 소희는 결국 마음을 접고 드론의 방향을 돌렸다.

메이는 경비대 건물의 2층 복도와 연결된 야생 동물 보호 센터로 찾아갔다. 파란색 컨테이너였다. 소희는 아무 일도 없었던 것처럼 물품을 정리하고 있었다.

메이가 말했다.

"소희, 앞으로 절대 단독 행동을 해선 안 됩니다."

"난 동물을 치료하러 왔지 로봇의 명령을 들으러 온 게 아니에요."

소희는 경비대에 소속된 수의사가 아니었으므로 반발하는 건 어쩌면 당연했다. 그렇지만 메이도 맡은 임무가 있었다.

"제 허락을 받고 이동하셔야 합니다. 소희의 목숨이 걸린 문제입니다."

"동물을 구하는 게 제 일입니다."

"인간의 출입을 막는 게 제 일입니다."

소희는 잠시 생각에 잠겼다. 그러고는 다시 입을 열었다.

"그럼 부탁할 게 있어요."

"네, 말씀하십시오."

"저 안에서 다친 동물들 말이에요. 난 들어가지 않을 테니까 가능하다면 내게 데려올 수 있어요? 로봇들이 고장 나지 않는 선에서 말이에요."

메이는 인간의 부탁이 자신의 업무와 충돌하지 않으므로 받아들였다.

얼마 지나지 않아 파란색 컨테이너가 동물들로 가득 찼다. 지뢰에 다친 동물들이었다. 메이의 명령을 수신한 안드로이드들이 울타리 근처에 쓰러진 동물들을 소희에게 데려다주었다. 배에 상처가 난 멧토끼, 걷기 힘든 산양, 날개를 잃은 독수리도 있었다.

메이는 털이 붉은 동물 한 마리를 더 발견해 철창으로 된 케이지 안에 넣었다. 동물은 뒷다리와 꼬리를 다친 상태인데도 가만히 있지를 못하고 자꾸 움직였다.

케이지의 문을 닫은 메이가 동물에게 말했다.

"다쳤으니까 소희에게 데려갑니다."

메이의 목소리를 들은 동물이 고개를 갸웃하며 메이의 눈을 바라보았다. 뭐라고 하는 건지 궁금해하는 듯했다. 메이도 동물의 눈을 바라보았다. 그 안에는 황금색 빗살무늬가 가득했다. 처음 보는 눈이었다. 검은색 동공에는 인간을 닮은 메이의 실루엣도 담겨 있었다. 여자도 남자도 아니었고 어른도 아이도 아니었다.

동물이 "낑!" 소리를 내며 메이의 손을 냄새 맡고 핥았다. 메이는 혹시라도 동물이 다칠까 봐 가만히 있었다. 손끝의 말랑한 피부를 통해 동물과의 따뜻한 접촉이 메이에게 밀물처럼 스며들었다. 메이의 인공 뇌에 파동이 생겼다. 아직은 세상 어느 누구도 알 수 없는 변화였다.

메이가 케이지를 들고 소희를 찾아갔다.

"울타리를 수리하다가 발견했습니다."

소희가 다친 동물을 확인하고 놀라워했다.

"여우는 멸종한 줄 알았는데……."

소희는 미확인 지뢰 구역 안에 토종 붉은여우가 살고 있을 줄은 꿈에도 몰랐다. 국립 공원에서 멸종한 여우를 복원하려는 시도를 했었고 또 성공한 적도 있지만 복원된 개체는 지정된 자연공원 안에서만 살고 있었다.

소희는 조심스레 붉은여우의 상태를 살폈다. 뒷다리와 꼬리를 크게 다쳐서 이미 피를 많이 흘린 상태였다. 우선 지혈부터 해야 했다. 바쁘게 움직이는 소희를 보고 메이는 파란색 컨테이너를 떠나 경비대 건물로 돌아갔다. 창밖에서 울타리를 고치는 로봇들의 소리가 들려왔다.

메이가 여기까지 이야기했을 때 지영은 한결 조심스러운 태도로 물었다.

"여우는 살았나요?"

"네, 살았습니다. 소희가 여우의 상처를 봉합했습니다."

"하아, 다행입니다."

감독관 지영이 자기도 모르게 미소를 지었다. 그러더니 자신이 메이의 이야기에 너무 집중했다고 느꼈는지 곧 말을 돌렸다.

"흠, 메이는 특수한 현장에 배치되었군요. 안드로이드를 여러 현장에 파견하지만 자세한 내용을 파악하지는 않거든요. 데이터가 너무 많으니까……."

지영이 이번에는 자신이 변명하듯 말했다고 생각하고 말을 줄였다.

메이가 말했다.

"로봇이 파손되었는지 임무를 완수했는지 확인하는 것만으로도 일이 많겠죠. 그게 감독관의 일일 테니까요. 지영은 수많은 메이를 관리하는 단 한 명의 인간이잖아요."

지영의 입술 끝이 살짝 떨렸다. 그는 메이가 인간을 배려하며 말한다는 사실을 놓치지 않았다.

메이가 이어서 말했다.

"지영, 제가 미확인 지뢰 구역에 파견되기 전에는 누가 경비대 대장이었나요?"

감독관 지영은 미확인 지뢰 구역의 근무자들을 검색했다.

"메이의 전임자는 로봇이 아니어서 기록을 찾을 수가 없네요."

"이전 대장은 인간이었군요."

"전임자는 왜 궁금한 거죠?"

"누가 저와 똑같은 일을 했는지 궁금해서요."

지영은 메이를 물끄러미 바라보았다. 메이가 이야기를 계속했다.

붉은여우의 상처를 꿰맨 이튿날, 소희가 메이를 찾아갔다. 파란색 컨테이너는 이미 응급인 동물들, 치료 중인 동물들, 방생을 앞두고 재활 중인 동물들로 가득 차서 지난밤에 소희는 여우를 진료실에서 재울 수밖에 없었다. 그러나 언제 또 다친 동물이 들어올지 모르는 상황이라 여우를 마냥 진료실 한쪽에 둘 수가 없었다.

"혹시 이쪽에 남는 공간이 있을까요?"

메이가 소희의 사정을 듣고 경비대 건물 전체의 입체 디스플레이를 켜 구석구석 둘러보았다.

"남는 공간은 없습니다만……."

메이의 말에 소희는 낙담해서 사무실을 나가려고 했다.

"창고가 넓습니다. 거기엔 해체한 지뢰들이 임시로 쌓여 있습니다. 세 달에 한 번씩 처리하거든요."

"지뢰요?"

"해체한 지뢰입니다. 이젠 모두 녹슨 금속이고 썩은 나뭇조각입니다. 폭우가 내릴 때 철조망 가까이 밀려온 것들이라 저희 팀이 제거할 수 있었죠."

소희의 표정이 조금 밝아졌다.

"그 창고가 위험하진 않을까요?"

"여우는 케이지 안에 있을 겁니까?"

"당연하죠."

"자주 들여다보실 겁니까?"

"그럼요."

"그럼 위험할 건 없습니다."

메이가 말했다.

소희는 며칠만 신세를 지겠다며 컨테이너에 자리가 생기는 대로 곧 여우를 데려가겠다고 했다. 메이는 경비대 건물의 창고 쪽으로 소희를 안내했다.

"동물들은 다 나으면 어디로 가나요?"

메이가 물었다.

소희가 미확인 지뢰 구역 안쪽을 바라보았다.

"저 안으로 돌려보낼 수는 없어요."

"아무래도 그렇겠죠."

"자연공원으로 보내요. 물론 인공으로 만든 곳이어서 자연공원이라는 이름이 조금 어색하지만, 또 틀린 말은 아니죠. 그렇게라도 만들지 않으면 자연을 볼 수가 없으니까요."

"잘들 살아가나요?"

소희가 걸음을 멈추고 몇 초 동안 메이의 눈을 바라보았다. 메이의 질문이 평소와는 다르게 느껴져서였다.

"동물들은 살아가지요……. 그 안에서도 종별로 개체 수를 조절해야 하기 때문에 보호받는 동물들도 사는 게 쉽진 않아요. 다른 공원으로 동물을 옮겨야 할 때도 있고요."

메이는 고개를 끄덕이며 창고 문을 열어 주었다.

소희는 여우가 든 케이지를 창고 한편에 놓았다. 크기가 가장 큰 케이지였다. 체온 유지를 위해 케이지 위쪽을 담요로 덮고 자동 조절이 되는 열등도 곁에 켜 두었다. 케이지 반대편에는 해체된 지뢰들이 여러 상자에 나뉘어 담겨 있었다. 그 옆에는 안드로이드들이 배치되기 전에 인간 군인들이 입었던 지뢰 보호복이 정리돼 있었다. 소희는 메이에게 고맙다고 인사한 뒤 파란색 컨테이너로 돌아갔다.

창고 안은 고요했다. 작은 창으로 햇살이 들어와 바닥에 무늬를 만들었다. 시간이 흐르면서 빛의 길이 움직여 여우의 케이지 앞에까지 이르렀다. 소희가 여우에게 먹이를 주려고 창고를 방문했을 때 여우는 케이지의 격자창에 코를 박고 있었다. 코를 벌름거리는 모습이 꼭 햇빛의 냄새를 맡는 것 같았다.

소희가 급히 메이를 찾은 건 어느 오후였다. 여우의 붕

대를 갈아 주려고 창고에 갔는데, 케이지 철창이 열려 있고 여우는 안 보인다고 했다. 메이가 창고의 영상 기록을 찾아 소희 앞에 띄웠다.

영상에는 여우가 케이지의 이중 걸쇠를 긴 주둥이로 밀어 올리고 또 옆으로 젖혀서 여는 모습이 기록돼 있었다. 창고 안을 배회하며 해체된 지뢰의 냄새를 맡던 여우는 안드로이드가 해체한 목함 지뢰를 보관하려고 창고 문을 여는 순간 튀어 나갔다. 안드로이드는 여우를 보지 못했다. 여우는 그길로 보수 중인 울타리 아래를 파고들어 미확인 지뢰 구역 안쪽으로 사라졌다. 메이는 곧바로 구역 안쪽이 기록된 영상을 불러 냈다.

여우는 신중하게 냄새를 맡으며 무언가를 피해 앞으로 나아가고 있었다. 다친 다리와 꼬리 때문에 움직임이 자유롭지는 않았다. 이내 여우가 황토색 수풀 사이로 들어가 놓쳤나 싶었는데 다시 나타나 미확인 지뢰 구역 중앙에 있는 산을 타고 올랐다. 그러고는 또 시야에서 사라졌다. 한 시간쯤 뒤에 붉은여우가 길을 되짚어 내려왔다. 입에 새끼 여우 한 마리를 물고서였다.

"어미 여우였군요!"

감독관 지영이 메이의 이야기를 듣다가 외쳤다.

"어떻게 지뢰를 피했을까요? 새끼는 왜 데려왔을까요?"

지영의 다급한 질문에 메이가 대답했다.

"소희도 지영과 같은 질문을 했습니다. 우리는 밤새 대화했지요. '수명'이라는 단어도 그때 배웠습니다. 동물들의 수명을 늘려 주고 싶다고 소희가 말했거든요. 여우가 창고에서 지내던 동안 해체된 지뢰에 묻어 있는 폭약 냄새를 학습한 것이라고 우리는 결론을 내렸습니다. 흙이나 돌, 수풀에 가려 있던 지뢰 냄새를 학습하는 데는 창고가 안성맞춤이었던 거죠."

"글쎄요, 여우가 폭약 냄새를 학습했다 하더라도 그 냄새를 피해야 지뢰를 피하는 것인 줄은 어떻게 알았을까요?"

메이가 대답했다.

"여우는 지뢰 때문에 뒷다리 하나와 꼬리를 잃었으니까요. 그때 맡았던 폭발물 냄새와 창고에서 맡은 냄새 그리고 지뢰 부속품의 모양을 연결했을 가능성이 큽니다."

지영이 메이의 파손된 얼굴을 바라보았다. 메이가 그 눈길을 느끼고 말했다.

"이렇게 강력한 냄새인걸요."

메이는 뜻밖의 상황이 반가웠다. 기계란 기계는 모두 고장 나는 미확인 지뢰 구역에서 붉은여우가 지뢰들의 위치를 알려 준 셈이었기 때문이다. 수의사 소희도 놀라워했다. 그동안 인류는 개, 주머니쥐, 벌 등의 생명체를 지뢰 탐지 현장에 투입했지만 동물을 도구화한다는 비난을 면치 못했다. 그것은 인간이 만든 지뢰를 인간이 없애지 못하고 동물을 희생시켜 해결하려 한다는 정확하고도 뼈아픈 비판이었다.

그 뒤로는 위험한 현장에 로봇 동물이 투입됐다. 인간이 위험 구역의 모든 인력을 메이와 같은 안드로이드로 대체한 것처럼 지뢰 탐지 동물도 로봇 동물로 대체한 것이다. 그러나 미확인 지뢰 구역에서 로봇들은 모두 고장이 났다.

붉은여우는 울타리 앞에 새끼를 놓아두고 사라졌다. 소희는 여우가 또 지뢰에 다칠까 봐 걱정돼 울타리 앞을 서성이곤 했다. 메이도 소희와 함께 여우를 기다렸다. 하지만 여우는 보이지 않았다.

그러던 어느 날 여우가 울타리 앞에 나타났다. 소희와 메이가 다가가자 여우는 구역 안쪽으로 몇 걸음 들어가더니 멈춰 서서 돌아보았다. 그리고는 다시 소희와 메이 앞으로 돌아와 앉기를 반복했다. 마치 울타리를 넘어서 자기를 따라오라고 말하는 것 같았다.

소희가 말했다.

"내가 여우를 따라갈게요."

메이가 대답했다.

"안 됩니다. 위험합니다."

여우가 그 자리에서 한 바퀴를 돌고는 다시 앉았다.

"메이가 다친 동물들을 나한테 데려왔던 것처럼 나도 메이 일을 돕게 해 줘요. 메이의 원래 임무는 지뢰를 제거하는 거였잖아요. 적어도 나는 저 안에서 고장 나지는 않을 거예요. 여우를 따라가다 보면 지금 상황을 해결할 열쇠를 발견할지도 몰라요."

그래도 메이는 인간 수의사인 소희가 미확인 지뢰 구역에 들어가는 걸 허락할 수 없었다.

"안 됩니다."

메이가 계속 거절하자 소희는 결국 파란색 컨테이너로 돌아갔다.

곧 파란색 컨테이너 너머에서 응급 구조 드론이 수직 이륙했다. 메이가 급히 드론과 통신했다.

"소희, 안 됩니다. 드론이 추락할 겁니다."

"메이, 이건 내 결정이에요. 저 안에는 다친 동물들이 있어요."

드론은 곧바로 울타리를 넘어갔고 수평이 흔들리기 시작했다. 메이를 비롯한 모든 안드로이드가 미확인 지뢰 구역 안쪽으로 들어간 소희의 드론을 올려다보았다. 소희는 드론의 고도를 낮추더니 별안간 뛰어내렸다. 그는 창고에 보관돼 있던 지뢰 보호복을 입고 있었다. 메이는 조금씩 멀어져 가는 소희를 바라보았다.

소희는 여우가 보이면 여우를 따라가고, 여우가 보이지 않으면 발자국을 따라갔다. 신중하게 움직여야 했다. 여우의 발 크기와 인간의 발 크기가 달라서 지면에 닿는 발의 면적에 주의를 기울여야 했다. 게다가 두꺼운 보호복 때문에 걸음걸이도 둔했다. 보호복에는 지뢰 탐지 기능이 있었는데 역시나 신호가 흐릿해지다가 사라졌다.

소희는 여우가 사라진 쪽을 주시하며 천천히 앞으로 나아갔다. 땅에는 여우가 다리를 끈 흔적이 남아 있었다. 그렇게 한참 동안 평지를 걷고 산비탈을 오르자 소희 앞에 여우가 나타났다. 붉은 털이 바람에 흔들렸다. 여우는 소희를 확인하고는 앙상한 수풀 사이로 들어갔다.

소희는 혹시라도 지뢰 탐지기가 다시 작동할까 싶어 헤드업 디스플레이를 수시로 살폈지만 아무 정보도 떠오르지 않았다. 산은 곧 흙먼지가 되어 허물어질 것처럼 맨바닥이 드러나 있었다. 붉은여우가 지나간 곳을 딛고 또 딛으면서 소희는 심한 어지럼증을 느꼈다. 무거운 보호복을 입은 데다 산을 올라왔으니 숨이 차서 그런 거라고 그는 생각했다.

다시 여우가 나타나 엉덩이를 땅에 대고 앉았다. 여우 곁에는 네 다리로 땅을 짚은 어떤 기계가 놓여 있었다. 기계의 몸통 앞에는 흡사 얼굴을 연상케 하는 네모난 패널이 달려 있었는데 그것이 웅—소리를 내면서 소희 쪽으로 고개를 돌렸다. 소희는 순간 귀를 막으며 주저앉았다. 통증이 바늘처럼 귀를 찔렀다.

소희는 기계의 얼굴이 다른 곳을 바라볼 때까지 엎드린 채로 기다렸다. 여우가 기계 아래의 땅속으로 쏙 들어갔고 소희가 기어가서 기계 아래쪽을 내려다보았다. 여우 굴이었다. 굴 안에는 새끼 여우 네 마리가 들어 있었다.

이야기를 듣던 감독관 지영이 메이 쪽으로 몸을 숙이며 물었다.

"그 기계가 뭐였죠?"

"전자기 빔을 쏘는 전차였습니다."

메이가 답했고 지영이 어리둥절한 표정으로 메이를 바라보았다. 메이가 덧붙였다.

"그동안 그 전차가 기계들을 고장 낸 거였습니다."

여전히 이해할 수 없다는 표정으로 지영이 물었다.

"전자기 빔을 쏘는 전차가 왜 거기 있어요?"

"디엠지(Demilitarized Zone), 즉 비무장 지대에서 공중 교전이 발생했을 때 투입된 것으로 보입니다. 약 75년 동안 움직이는 목표물을 찾아 전자기 빔을 쏘았습니다. 집중된 빔이 전자기 스펙트럼을 간섭했고 전투기, 드론, 미사일이 방향을 잃었습니다."

"어떻게 전차가 거기 있는 걸 아무도 모를 수가 있죠?"

"제가 전임자를 만나고 싶어 한 이유도 그래서입니다. 관련 기록에는 투입됐던 전차들이 모두 철수했다고 나와 있습니다. 누가 숫자상의 실수를 한 겁니다. 관계자들은 시간이 흘러 모두 사망했고 전차는 잊혔습니다."

지영의 표정이 복잡했다.

"미확인 지뢰 구역은 디엠지 전체 면적의 1퍼센트입니다. 디엠지의 99퍼센트에 이르는 곳에서 지뢰가 제거되었고 민간인들이 자유롭게 드나들었죠. 그러면서 사람들은 지뢰의 존재를 점차 잊었습니다. 저 같은 로봇들이 미확인 지뢰 구역만 조용히 통제하면 됐으니까요."

"지뢰 제거 기기들은 고장이 나는데 왜 지뢰들은 고장 나지 않았죠?"

"지뢰는 전자기 방해를 받지 않는, 150년 된 물건이니까요."

"세상에……."

감독관 지영은 생각의 소용돌이에 빠져 말을 잇지 못했다.

메이가 감독관 지영에게 계속 이야기를 들려주었다. 이제 얼마 남지 않은 이야기였다.

메이와 안드로이드들은 울타리 밖에서 소희가 돌아오기를 기다렸다. 저 멀리 수풀에서 빠져나오는 소희의 모습이 보였다. 지뢰 보호복 상의를 벗어서 품에 안은 채였다. 티셔츠도 얼굴도 땀과 흙먼지에 찌들어 엉망이었다.

메이가 울타리 문을 열었다. 소희가 길을 되짚어 무사히 돌아왔다. 그가 조심스레 보호복을 펼쳐 보였다. 메이와 안드로이드들이 소희를 둘러싸고 지뢰 보호복 안을 들여다보았다. 그 안에는 새끼 붉은여우 네 마리가 웅크린 채로 꼭 붙어 있었다.

이때부터 모든 일이 일사천리로 진행되었다. 소희가 지도에 표시한 길을 따라 인간 군인들이 전차에 접근했다. 인간 군인들은 전차가 전자기 빔을 쏘지 못하게 처리했다. 그다음에 메이와 로봇들이 미확인 지뢰 구역 안으로 들어갔다.

지뢰 제거 로봇 안에 내장된 지뢰 위치 지도가 드디어 작동했다. 로봇들은 더 이상 고장 나지 않았고 메이의 명령을 받아 본격적으로 지뢰 제거를 시작했다. 소희가 메이에게 제안한 대로 되도록 지뢰를 터뜨리지 않고 처리하는 게 로봇들의 목표였다. 동물들의 안전을 위해서였다. 긴 시간 동안 구역 경비만 맡았던 로봇들이 본래 임무를 되찾은 순간이었다.

군인들과 메이가 예상하지 못한 것은 구역 안에서 고장 났던 기계들의 움직임이었다. 돌아 나오지 못한 지뢰 제거 기기들 중에서 일부 기계가 깨어났다. 이들은 만들어진 때가 제각각이라 메이와 통신이 되지 않았다. 지뢰를 해체하는 기계도 있었고, 지뢰를 조심스레 수거해서 구역 밖으로 가지고 나가는 기계도 있었고, 그 자리에서 지뢰를 터뜨리는 기계도 있었다. 로봇 동물들도 깨어나 움직였다. 아수라장이었다. 동물들이 놀라서 이리 뛰고 저리 뛰기 시작했다. 그중에는 소희가 치료한 붉은여우도 있었다.

소희가 본능적으로 울타리 문을 열고 구역 안으로 뛰쳐

들어갔다. 메이의 헤드업 디스플레이에 소희의 열화상과 바로 곁에 매설된 지뢰의 위치가 함께 나타났다. 메이가 소희 쪽으로 몸을 날렸고, 지뢰가 폭발했다.

"그러고는 이곳으로 회수됐군요."

"네, 맞습니다. 저는 몇 분 동안 작동을 멈췄고 또 바로 회수됐기 때문에 소희가 살았는지 확인하지 못했습니다. 그걸 알아야 제 일을 마쳤다고 할 수 있습니다. 저를 수리해서 미확인 지뢰 구역으로 돌려보내 주십시오."

감독관 지영은 한참 동안 말이 없었다. 그새 차가 다 식었다.

새로운 데이터가 들어왔다는 알람이 울렸다. 그가 허공에서 데이터 몇 개를 확인하고 메이의 갈색 눈을 바라보았다. 그리고 말없이 일어나 차를 다시 끓였다. 꽃향기가 나는 홍차였다. 이번에는 메이에게 먼저 차를 권했다.

"메이, 여기에서는 수리하는 것보다 새로운 메이를 만드는 게 더 경제적입니다."

"어째서 그렇죠?"

"로봇마다 파손된 부분이 다르니까 수리하려면 개별로 정밀 진단을 해야 해요. 그렇게 되면 비용도 비용이고 로봇들 이력이 저마다 달라집니다. 그걸 관리하는 건 꽤 복잡한 일이에요. 그래서 팩토리는 평준화한 기계를 만듭니다. 똑같이 새것인 상태로 말이죠."

지영의 말을 듣고 메이가 차를 마셨다. 반쯤 남은 얼굴로 차가 흘러들어 파손된 곳들을 적시고 발끝으로 뚝 뚝 떨어졌다. 메이는 고개를 숙이고 바닥에 찻물이 번져 가는 모습을 묘한 표정으로 바라보았다.

메이가 고개를 들었다.

"지영, 그래도 저를 수리해 주십시오. 지영이라면 어려운 일도 아니지 않습니까."

파손된 얼굴인데도 메이의 표정이 생생했다. 어쩌면 그렇게 다친 얼굴이라서 더 생생한지도 몰랐다. 지영은 자기 안으로 파고드는 슬픔을 거부하려고 일부러 눈을 크게 떴다. 그리고 어떤 결심을 한 것처럼 입을 열었다.

"수의사 홍소희 씨는 메이 덕분에 살았습니다. 지뢰는 모두 제거됐고요. 그곳엔 남은 로봇들이 있고 또 메이 대신 투입된 로봇도 있어요. 메이 37031을 회수하면서 바로 배치했거든요. 방금 보고를 다 받았어요."

메이가 텅 빈 얼굴로 지영을 쳐다보았다. 지영은 메이를 향한 감정을 끊어 내며 말했다.

"나도 메이처럼 맡은 일이 있습니다."

지영의 일은 안드로이드들을 보며 끊임없이 차오르는 연민을 비워 내는 일이었다. 결코 익숙해지지 않았다.

"메이, 내가 지금 메이의 임무를 종료시켜 줄게요. 여기서 일을 마치는 겁니다."

"아니요ㅡ"

지영이 메이의 말을 막으려는 듯 얼른 이어서 말했다.

"메이 37031은 2100년 12월 31일 지금 즉시 해체 라인으로 이동합니다."

이 말에 사무실 천장이 열리고 메이의 머리 쪽으로 진공 흡입구가 내려왔다. 순식간에 메이가 빨려 들어갔다. 그러나 메이는 그 힘에 순순히 복종하지 않았다. 소파를 붙잡았다. 손에 잡힌 비닐이 뜯겨 나왔다. 이번에는 팔과 다리를 버둥거리며 흡입구 끝을 붙잡았다.

"나는 하고 싶은 일이 있습니다! 지영! 나는 살고 싶어요!"

지영은 놀라서 일어섰다. 찻잔이 깨졌다. 지영 앞에서 이렇게까지 해체에 저항하는 안드로이드는 없었다. 깊은 죄책감 속에서 지영은 넋이 나가 버렸다.

진공 흡입구에서 메이를 흡입하는 힘이 더 세어졌다. 메이는 구겨지다시피 하며 관 안으로 빨려 들어갔다. 흡입구는 위로 올라갔고 어느새 천장이 닫혔다. 사무실이 고요해졌다.

지영이 털썩 주저앉았다. 충격이 채 가시지 않은 얼굴로 메이가 흘린 찻물을 바라보았다. 잠시 후 지영은 책상에 앉아 데이터 작업을 시작했다.

드론 한 대가 파란색 컨테이너 앞으로 착륙했다. 안드로이드가 드론에서 내렸다. 흠집이 하나도 없는 새 제품이었다. 안드로이드들이 동시에 새 제품을 쳐다보고는 다시 자기 일에 열중했다. 그들은 지뢰 파편을 치우고 있었다.

소희가 새로 도착한 안드로이드에게 다가가며 말했다.

"메이?"

"안녕하세요. 저는 메이 39825입니다."

순간 소희의 얼굴이 어두워졌다. 메이가 이어서 말했다.

"소희, 여우들은 잘 있나요?"

구름이 걷힌 것처럼 소희의 얼굴이 환해졌다. 메이 39825는 메이 37031의 기억을 고스란히 간직하고 있었다.

지뢰가 완전히 제거된 구역을 소희가 손으로 가리켰다. 흙먼지 속에서 붉은여우와 새끼 여우들이 메이를 발견하고 다가왔다. 메이는 따뜻한 밀물 같은 감촉을 기억해 내고 여우들 쪽으로 손을 내밀었다.

2101년 1월 1일부터 메이의 임무는 야생 동물을 보호하는 것이었다.

　'2100년 12월 31일'이라는 글감을 이리저리 만져보다가 2100년이면 지금의 청소년이 몇 살이 될지 헤아려 보았다. 나는 그때 이 세상에 없을 테고……. 막막했다. 너무 큰 질문을 받아든 기분이었다. 실제 2100년보다는 2022년에 상상하는 2100년이 중요하다는 생각이 들었다.

　구체적인 질문을 던져야 했다. 마침 나는 DMZ라는 공간을 흥미롭게 살펴보고 있었다. 유튜브에서 관련 다큐멘터리를 찾아보곤 했다. 2013년에 방송되었던 KBS DMZ 다큐멘터리 <두 얼굴의 생태계> 영상 속에서 눈이 쌓인 한겨울, 멧돼지에게 먹이를 주는 군인들을 보았다. 질문이 떠올랐다. '2100년 12월 31일, 인간과 동물은 어떤 관계를 맺고 있을까?'

　한 멧돼지가 지뢰 때문에 다쳐서 잘 걷지 못했다. 다큐멘터리에서는 '발목 다친 멧돼지'라고 불렸다. 인간의 도움이 없다면 그 멧돼지는 겨울을 나기 어려울 듯했다. 철조망 근처를 오가는 동물들을 바라보는데 뭐라 표현하기 어려운 감각이 마음을 아프게 찔러왔다. 또 하나의 질문이 떠올랐다. '2100년 12월 31일, 과연 DMZ의 지뢰는 모두 제거되었을까?'

나는 이 질문들을 가지고 이야기를 빚어 나갔다. 그렇게 「미확인 지뢰 구역」은 'DMZ 지뢰로부터 동물을 구하는 이야기'가 되었다. 물론 독자에게 가 닿아 다른 이야기가 될 수도 있겠다.

안드로이드의 이름 '메이'는 국제 조난 무선 신호 "메이데이, 메이데이, 메이데이—"에서 따 왔다. 현 시대를 살아가는 동물들의 긴급 구조 요청이라고 생각하면서 말이다.

2100년 12월 31일

초판 1쇄 펴낸날 2022년 12월 5일
초판 2쇄 펴낸날 2023년 5월 8일

지은이 길상효 김정혜진 남유하 이희영
펴낸이 홍지연

편집 홍소연 고영완 이태화 전희선 조어진 서경민
디자인 권수아 박태연 박해연
마케팅 강점원 최은 신종연 김신애
경영지원 정상희 곽해림

펴낸곳 (주)우리학교
출판등록 제313-2009-26호(2009년 1월 5일)
주소 04029 서울시 마포구 동교로12안길 8
전화 02-6012-6094
팩스 02-6012-6092
홈페이지 www.woorischool.co.kr
이메일 woorischool@naver.com

ⓒ 길상효 김정혜진 남유하 이희영, 2022
ISBN 979-11-6755-081-1 43810